MICHEL CORDAY

La Mémoire du Cœur

ROMAN

E. FLAMMARION
Éditeur
26, rue Racine

La Mémoire du Cœur

MICHEL CORDAY

La Mémoire du Cœur

ROMAN

PARIS
ERNEST FLAMMARION, ÉDITEUR
26, RUE RACINE, 26

AUX TARGE

Voici encore un roman qui s'inspire d'une conception scientifique de la vie. Il s'agit cette fois du conflit entre la doctrine déterministe et celle du libre arbitre. Lutte capitale. Car, en y réfléchissant un peu, on s'aperçoit que la victoire du déterminisme modifierait profondément la morale, la justice, l'éducation, la littérature. Puisque cette petite étude a su plaire à vos esprits affranchis et généreux, permettez-moi de vous la dédier en témoignage de solide amitié.

M. C.

La Mémoire du Cœur

PREMIÈRE PARTIE

Comme ils sont émouvants et mélancoliques, les départs de ces grands rapides qui, chaque soir, s'échappent de Paris vers les frontières... Quiconque assiste d'aventure à cette attente, à ces adieux, à cet arrachement du train au quai de la gare, sent bientôt sa curiosité s'attendrir. D'abord, le regard amusé parcourt au long du convoi ces groupes sombres qui, debout devant les portières, sous la dure clarté des globes électriques, se resserrent, se referment sur eux-mêmes, s'efforcent, jusqu'au dernier moment, de défendre et de garder leur intimité dans la foule. Puis, peu à peu, l'intérêt se fixe. On adopte un couple : l'homme qui part, la femme qui reste. On trouve toujours ce couple-là, aux grands rapides de nuit. On s'y attache. On se propose de le suivre jusqu'à ce que le départ l'écartèle, le déchire en deux. Le besoin d'être mêlé au drame s'ajoute à l'instinct de la sympathie. On veut, soi aussi, souffrir, quand le train s'ébranlera. Comme un passant jette une obole sur le tapis vert pour vibrer à l'unisson des joueurs, on donne à ces inconnus, pour s'associer à leur détresse, un peu de son cœur. On cherche à deviner leur chagrin sur leur visage, leur condition d'après leur vêtement. Que sont-ils l'un pour l'autre ? Souffrent-ils tous deux également ? Pourquoi se séparent-ils ? Est-ce pour longtemps ? Bref, on voudrait mieux les connaître, pour mieux les plaindre.

L'un des derniers soirs de septembre 19..., stationnait, sur le quai des grands trains du Nord, l'un de ces couples qui ne manquent jamais d'éveiller la curiosité et la compassion.

Lui, haut et svelte, mais les épaules fortes, paraissait dépasser de peu la trentaine. Depuis la cape de feutre noir, le haut colletage, l'ample et confortable manteau de route, le pli du pantalon tombant droit sur l'étroite bottine, jusqu'à la brève cravate jaspée, la main gantée de castor gris qui jouait nerveusement avec la canne d'ébène à béquille d'argent, tout décelait sur lui ce souci d'élégance qui sacrifie à la mode sans s'y asservir et garde, dans le goût et la discrétion, un ton personnel. De courts cheveux châtains dégageaient le dessin de la tête ronde, imperceptiblement inclinée vers l'épaule gauche. Le binocle — deux ellipses de cristal sans monture — et la *royale* légère affinaient, aiguisaient encore une physionomie intelligente et délicate. Et, malgré le soin évident qu'il prenait de ne point donner sa tristesse en spectacle, elle se trahissait, au repos, dans le rictus de sa bouche entr'ouverte, douloureuse, comme celle des morts.

Elle, de taille normale, portait un de ces exacts costumes tailleur qui silhouettent avec une hardiesse si charmante la ligne harmonieuse du corps féminin. Épousant le buste plein, la taille mince et la hanche généreuse, il révélait cet instant d'éphémère perfection, moment exquis et court où, chez la femme, le printemps annonce l'été, où le jet de la jeunesse s'épanouit sans que la maturité l'alourdisse encore. Sous la clarté haute et crue des lampes électriques, son sobre chapeau ombrageait son front et ses yeux. Dans les volutes lourdes de sa chevelure aux tons de chêne, brillaient des coulées plus blondes. Le bas de son blanc visage, en pleine lumière, surprenait par sa grâce, sa fraîcheur enfantines. Mais on le devinait, ce pauvre visage, tout moite et corrodé de larmes récentes.

Immobiles, tournés l'un vers l'autre, devant la coupée ouverte à l'extrémité du wagon, ils n'échangeaient que de rares paroles. Visiblement, ils se roidissaient dans la contrainte, s'interdisaient tout geste d'effusion. Mais ils dégageaient tant de souffrance et de tendresse que d'autres voyageurs, s'arrachant un instant à leur propre souci, les épiaient à la dérobée. Des hommes d'équipe même, qui labouraient la foule de leurs lourds chariots de fer surchargés de bagages, se détournaient pour les éviter et leur jetaient un regard en passant. Aux yeux les plus indifférents, ils apparaissaient bien comme ces émouvantes victimes de l'absence, dont on voudrait partager la peine et connaître l'histoire.

Voici cette histoire :

Le voyageur s'appelait Adrien Delcambre. Il était né à Paris d'une mère suédoise et d'un père provençal. Ah ! ce mariage d'exception, ce croisement de races si contraires à nos mœurs, que de fois, pendant son enfance, sa maman lui en avait conté la genèse ! Et que de fois, devenu homme, s'était-il plu à rebâtir, à évoquer pour lui-même, avec un charme attendri, ce simple roman du foyer !

Ses parents s'étaient connus au bord du Léman, à la Tour-de-Peilz, dans une pension de famille. Mais une pension d'une sorte particulière, une pension mixte. En effet, elle était uniquement destinée tout d'abord à ces jeunes étrangères qui, seules et libres, viennent au pays de Vaud apprendre le français. Là-bas, la langue est si pure et l'accent si mélo-

dieux : on ne parle pas le français, on le chante. L'entreprise ne réussit qu'à demi. Cependant, un jour, trompés par l'enseigne « Pension du Rivage », tentés par l'avenante façade et le voisinage du lac, de vrais voyageurs demandèrent asile. L'hôte, ingénu et pratique, n'eut pas le courage de les repousser. Et c'est ainsi que le pensionnat devint pension.

Georges Delcambre, le père d'Adrien, devait profiter de cette heureuse erreur. Tout frais sorti de Centrale, lesté d'un solide pécule par ses parents — de grands propriétaires terriens de l'Esterel — il s'apprêtait à parcourir la Suisse à petites journées. La veille, il avait franchi le seuil bleu du Léman. Il s'arrêta devant la pension du Rivage. Il appréhendait, à sa première étape, la fade table d'hôte : il tomba sur un bouquet d'Anglaises, de Suédoises, d'Allemandes, dont l'aînée n'avait pas vingt ans. La maison vibrait d'éclats de voix, de rire et de piano. Deux petits mariés russes, un capitaine français, sa femme et ses enfants, une noble dame autrichienne et sa gouvernante, semblaient ravis de vivre dans cette volière.

Georges Delcambre était un méridional froid. L'espèce est plus nombreuse qu'on ne pense. Certains Flamands expansifs ont reçu le nom de méridionaux du Nord. Il y a des septentrionaux du midi. Oh ! ils possèdent tout de même les qualités de leur race : l'enthousiasme, la chaleur d'âme, le sens et le goût de la beauté... Mais ils les cachent sous des dehors modestes. C'est toujours la même nature, seulement ils la portent à l'envers. Et leurs sentiments, moins visibles, sont peut-être plus durables.

C'est pourquoi, sans doute, Anna Yunstedt subjugua si vite à jamais Georges Delcambre. Devant ce teint d'azalée, cette natte blonde qui tombait au jarret, ces yeux de douceur, ce menton de volonté, devant cette haute apparition rose et or, il comprit qu'il avait achevé son voyage et fixé sa vie... Ce que dut être cette idylle en liberté, dans ce décor unique, entre ces deux êtres d'élite, on se l'imagine. Quand, six semaines plus tard, ils durent se séparer, ils s'étaient fiancés.

Anna regagnait la Suède ; elle y vivait près

d'un oncle qui l'avait adoptée après le double deuil qui l'avait faite prématurément orpheline. Georges Delcambre rejoignait à Paris l'usine métallurgique où sa science technique, appuyée d'un fort apport social, lui assurait d'emblée une place prépondérante. Cependant, il fit un crochet : il toucha l'Esterel et avoua tout à ses parents... Déjà, le long attachement de leur fils au Léman les avait intrigués. La vérité les fit bondir. C'est que, chacun dans son genre, ils n'étaient guère commodes, ces deux Delcambre-là. Le mari, rouge et blond, absorbé par ses vignes, ses bois et ses jardins, amoureux avant tout de son bien-être et de sa tranquillité, avait une peur affreuse des conflits, des querelles de foyer. La femme, petite et nerveuse, ardente et fragile, poussait jusqu'au fanatisme son orgueil du sol natal et son respect des traditions. De quelle race hostile, dans quel lointain polaire devait apparaître une Suédoise, à ces deux Provençaux renforcés, qui, parlant des Lyonnais, disaient : « Ces gens du Nord ! »

Tout les déconcertait, dans cette histoire : cette orpheline que son oncle, une sorte d'inventeur sans cesse en éruption, laissait vagabonder à travers l'Europe; ces libres fiançailles dans un hôtel suisse, sans demande officielle, sans notaire, sans chaperon... Comme ce serait facile, le cas échéant, de prendre des renseignements sur une famille suédoise, quand on n'a jamais quitté l'Esterel ! Mais ils étaient bien bons de s'inquiéter : il s'agissait simplement d'une de ces amourettes de vacances, qui se fanent et meurent en même temps que les feuilles, à l'automne. Ils auraient vite raison de cet enfantillage. Ne se sentaient-ils pas la plus solide alliée : l'absence?... Enfermés dans leur refus, ils laissèrent, sans crainte ni remords, leur fils partir pour Paris.

Ils durent bientôt convenir de leur erreur. Les lointains fiancés s'écrivaient chaque jour. Sourd à toutes les tentations — on lui offrait aussi bien des occasions de mariage que des occasions de plaisir — Georges vivait sur lui-même, couvait ses souvenirs, leur gardait la chaleur de la vie... Deux années passèrent. Enfin, une si longue fidélité toucha les Del-

cambre eux-mêmes. Ils accordèrent leur consentement, d'autant plus que leur fils, près de ses vingt-cinq ans, allait pouvoir s'en dispenser. Et comme, au fond, ils étaient gens d'esprit, ils s'efforcèrent de faire oublier, par leurs bons procédés, leur mauvaise grâce. Ils eurent du moins cette satisfaction de marier leur enfant à Valescure, dans la vieille maison de famille. Quelques semaines plus tard, le jeune couple s'installait à Paris.

La plupart de ces détails, Adrien Delcambre les tenait donc de sa mère. Ordinairement, on ignore tout du passé de ses parents. Ils sont, ils ont toujours été « papa et maman », et on ne les imagine pas jeunes, au temps des fiançailles... Aussi, ces petites légendes du foyer l'enchantaient. Elles lui donnaient l'illusion de connaître les siens depuis très longtemps, depuis plus longtemps que les autres garçons, et de les aimer d'une plus longue tendresse.

Sa mère... Il lui devait une enfance exquise. Jusqu'à douze ans, il ne l'avait guère quittée. Il la retrouvait dans tous ses souvenirs. Dans ce square, au coin de cette rue, dans ce grand magasin, cette exposition, elle était près de lui, elle lui donnait la main. Il levait la tête pour lui parler et l'entendre. L'accablait-il assez de questions, au long de ces courses et de ces promenades ! « Hein? dis, maman, pourquoi? » Elle répondait toujours, inlassable et souriante. Elle l'avait vraiment nourri du suc d'elle-même : d'abord de son lait, puis de son esprit. Elle lui avait appris son cher suédois. Et cette langue, qu'ils étaient seuls à comprendre, les unissait dans la foule, comme un fil invisible tendu entre eux et qui eût porté leur pensée... A ce long contact, sa ressemblance native avec sa mère s'accentuait. Il s'imprégnait plus profondément d'elle. D'elle, il tenait surtout le goût de s'examiner et de se cultiver, la connaissance et le respect de soi. Elle lui disait souvent : « Comme on se regarde dans la glace, il faut regarder en soi-même. » Peu à peu, la netteté morale lui apparaissait comme une élégance, et le soin physique comme une vertu. D'intelligence claire et de savoir solide, elle avait voulu conduire elle-même aussi loin que possible l'instruction de son fils. Les heureuses classes ! Jamais elle ne le faisait travailler plus d'une heure, coupée encore de brefs et fréquents repos; aussi, apportait-il à chaque reprise une attention toute fraîche. Sur les lèvres maternelles, la leçon prenait toujours l'attrait de l'anecdote. Elle inventait des méthodes ingénieuses, des ruses charmantes. Ainsi, ne vivant en France que depuis son mariage, elle s'était initiée d'abord aux mœurs, aux lois actuelles, puis à l'histoire de son nouveau pays, comme on cherche à connaître la famille dans laquelle on vient d'entrer. Alors, elle s'était avisée de raconter à son fils ce moment de sa vie. Ses surprises, ses découvertes, il les éprouvait à son tour. Il repassait par toutes les étapes qu'elle avait franchies. Et c'était à ces récits qu'Adrien devait tant d'utiles notions sur le présent, de vues lucides sur le passé...

) Aussi ne s'asseyait-il jamais à regret devant sa petite table d'étude. La fenêtre proche s'ouvrait sur la place des Vosges. Il était né là, dans cette antique maison, quelques années après la guerre franco-allemande. Ses parents s'y étaient fixés dès leur arrivée à Paris, non loin de l'usine métallurgique que dirigeait maintenant son père. Bien des fois déjà il avait vu l'hiver désoler le square qui tapisse l'immense place, l'été l'emplir d'enfants et d'oiseaux qui s'ébrouaient dans la poussière avec les mêmes cris aigus et joyeux. Et ces façades de briques, trois fois centenaires, qui couraient sur leurs arcades et sous leurs grands toits tout autour des maigres boulingrins, dessinaient le cadre imposant et paisible de son enfance.

Dans cette trame unie, en teinte douce, des trouées de lumière : le séjour annuel dans le Midi, chez les grands-parents Delcambre, à Valescure. Mais un Midi d'été, un Midi méconnu du touriste, un Midi intime, désert, velouté de poussière, embaumé d'aromates, aveuglant de clarté, et rafraîchi pourtant par la brise marine.

Là-bas, Adrien retrouvait grand'mère Delcambre, ridée, séchée, mais toujours ardente et combative, et qui, sourdement excitée par la présence de sa belle-fille, de l'étrangère, exaltait son Esterel avec des mots chantants et colorés. Grand-père Delcambre, énorme, le souffle bruyant et court, délaissait peu à peu son domaine trop vaste, bibelotait dans un petit atelier, se désintéressait du monde.

Mais Adrien se réjouissait surtout de rejoindre à Valescure sa sœur Mariette, son aînée de deux ans. La première enfance de la fillette avait été si chétive que le médecin avait conseillé pour elle le séjour du Midi. Comme disait grand'mère Delcambre, ravie au fond de l'élever : « Ah ! dame, elle a la petite santé des Yunstedt... » Car sa bru avait perdu prématurément ses parents. Heureusement, le soleil et la mer avaient vite eu raison de cette hérédité. Un triomphe de plus pour l'Esterel.

Les deux enfants ne se réunissaient donc qu'aux vacances. C'est pourquoi peut-être ils y prenaient tant de plaisir. Leur vie, pendant ces deux mois, dans les bois légers de chênes-lièges, de tamaris et d'oliviers, parmi les rochers rouges de la grève, dans la grosse joie et la forte odeur des vendanges, leur vie n'était qu'un long enchantement. Non pas qu'ils fussent toujours d'accord. Mariette aimait à commander, Adrien répugnait à obéir. D'où des conflits, bien vite oubliés, dans des embrassements dont la fillette, impulsive et caressante, donnait sitôt l'exemple ! D'ailleurs, elle seule avait le droit d'attaquer Adrien. Contre tout autre, elle était toujours prête à le défendre. Ah ! il n'aurait pas fait bon mettre en doute devant elle les mérites de son frère !

Et, malgré ces courts orages, la présence de Mariette restait pour Adrien le vrai bienfait de son séjour à Valescure. Pour un garçon, c'est une chance si heureuse d'avoir une sœur presque du même âge. Sa maman est bien haute, bien grande; pour la regarder, il est toujours obligé de lever la tête. Tandis qu'une sœur, c'est une petite féminité à sa taille, à son niveau. Il s'aperçoit qu'elle n'a pas les mêmes jeux, les mêmes aspirations que lui. Il la devine plus fragile. Et la femme lui devenant ainsi moins mystérieuse, il saura mieux l'aimer.

A partir de treize ans seulement, Adrien suivit comme externe les cours d'un lycée proche. Certes, les innombrables connaissances dont l'enseignement officiel surcharge la mémoire enfantine sont sans utilité réelle dans la vie. Elles ne servent guère qu'à franchir les examens qui défendent l'accès de tant de carrières. De même que nos ancêtres portaient la hache de pierre sur l'épaule ou l'épée à la ceinture, nous portons des diplômes dans nos poches. Ce sont nos armes, à nous, nos armes de papier. Adrien Delcambre devait donc au besoin pouvoir s'en munir. Il arrivait d'ailleurs dans sa classe avec une intelligence toute vive, toute fraîche, que n'avaient pas aveulie les mornes travaux forcés auxquels on condamne, douze heures par jour, les pauvres bambins dès leur première culotte. Aussi eut-il tôt fait de rattraper ses camarades, au *steeple-chase* féroce des concours.

Ce fut vers cette époque qu'il découvrit son père... Jusqu'alors, ils ne s'étaient pas livrés l'un à l'autre. M. Delcambre restait toujours le méridional contenu, à feu invisible, qui, dès ses vingt ans, fixait sa vie d'un coup de passion durable. Son apparente froideur n'inspirait à l'enfant qu'un respect timide. Soudain, ils se comprirent. Le phénomène est fréquent, et vient à son heure. Quand son fils grandit, la mère le sent s'éloigner : elle ne peut plus le bercer dans ses bras. Le père le voit se rapprocher : ils vont avoir même taille et même pensée. Et puis, la mère n'est qu'amour; le père a l'amour-propre, et les premiers succès de son fils, en caressant son orgueil, épanouissent son cœur.

Les études du lycéen hâtèrent cette évolution : désormais, c'était aux lumières paternelles qu'il devait recourir devant un thème embarrassant, un problème obscur. Et, même sur cet aride terrain, l'ingénieur révélait cette tendresse, cet enthousiasme, cette sensibilité, qu'une sorte de pudeur le retenait de répandre. Que d'exemples de sa bonté secrète !... Un soir — lui pourtant si patient d'ordinaire — il s'était irrité de n'être pas compris. La semonce tirait des larmes d'Adrien, qui les dévorait, le nez bas. Soudain, le bruit d'un sanglot le force à lever la tête : son père pleurait de l'avoir fait pleurer...

M. Delcambre aimait la science et la rendait aimable. Il disait d'une démonstration rapide : « Comme c'est élégant ! » D'une solution adroite : « Comme c'est joli ! » Lorsqu'il conduisait Adrien dans ses ateliers, il lui détaillait complaisamment ces machines-outils qui sculptent l'acier, le rabotent, le tournent et le percent. Et, les flattant de la main comme des bêtes de race, puissantes et fines : « Cela aussi, c'est beau ! »

Il retrouvait devant ces ingénieuses créations la même surprise attendrie, le même battement ému des paupières que devant un chef-d'œuvre de théâtre, de concert ou de musée. Car rien ne le laissait insensible. Parfois, il soupirait : « Ah ! tout connaître... » Il achetait pêle-mêle les poètes et les géographes, les astronomes et les romanciers. Il aimait la lecture à voix haute. C'était, avec la musique, son meilleur passe-temps.

Ah ! les chères soirées... Papa, dans la pleine clarté de la lampe, lisait, le coude à la table et le front dans la main. Maman penchait la tête sur quelque broderie; on ne voyait que sa chevelure, ramassée en gros câbles blonds; et parfois ses mains aux doigts levés s'arrêtaient comme des oiseaux qui écoutent, les ailes ouvertes. Adrien, immobile sur sa chaise, dans la pénombre, souhaitait éperdument qu'on oubliât l'heure du coucher. D'autres fois, ses parents jouaient à quatre mains, ou bien s'accompagnaient, piano et violon. Adrien se lovait au creux d'un fauteuil, dans le salon obscur où seules des bougies brûlaient au-dessus du clavier. De grands frissons glacés lui parcouraient l'échine, et la griserie de la musique exaltait et déployait sa pensée. Dehors, autour de la place déserte, les vieilles façades refoulaient au loin les rumeurs de la ville et faisaient, devant la maison, le vide et le silence...

Une autre cause encore assurait Adrien d'une enfance heureuse : l'union au foyer. Il respirait une atmosphère de bonheur. Taine, je crois, a écrit que le meilleur mariage serait celui d'une Anglaise et d'un Français. L'alliance de cette fille du Nord et de ce Provençal étendait et confirmait cette vue. Jamais le jeune garçon n'avait assisté à ces querelles conjugales dont le souvenir tombe et stagne au fond de la mémoire enfantine, où il devient le pire dissolvant de la foi filiale.

Il se développait dans l'harmonie. En lui, non seulement deux êtres, mais deux races se fondaient. Deux génies s'étaient penchés sur son berceau, non pas en rivaux, mais en alliés : l'un, venu des pays de roche et de neige, lui apportait une conscience lucide et nette ; l'autre, né d'une terre chaude et riante, lui versait le don d'émotion et de tendresse.

Quand leurs traditions s'opposaient, ses parents ne cherchaient pas à les lui inculquer. Ils découvraient un terrain d'entente. Ainsi, élevés l'un dans la religion catholique, l'autre dans le protestantisme — indifférents, il est vrai, aux pratiques de leur culte — ils avaient tacitement convenu de n'enseigner à leur fils que les grands principes communs à ces confessions, ceux d'ailleurs qu'on retrouve dans toutes les morales, comme on retrouve les mêmes traits sur toutes les faces humaines. Et c'était peut-être là le plus touchant exemple de ce continuel accord dont Adrien recueillait le bienfait.

Cet unisson gardait un ton discret. Malgré leur fortune, les Delcambre vivaient sans faste. Ils répugnaient aux servitudes mondaines... On pourrait appliquer aux réceptions et aux galas cette définition qu'un humoriste a donnée de l'armée : « Une réunion de gens qui voudraient bien s'en aller. » Quelle femme ne se lamente pas, au moment d'entreprendre ses visites ? Quel couple n'a pas maudit, en s'habillant, les incessants dîners en ville ? Mais il faut s'étourdir, ou se pousser, ou se montrer, ou, plus simplement, faire comme tout le monde... Or, les Delcambre n'avaient ni souci, ni ambition, ni vanité ; ils méprisaient la routine. Ils s'étaient donc affranchis d'hypocrites corvées.

Par contre, ils se plaisaient à s'entourer d'amis. Ils en trouvèrent d'autant plus aisément à Paris qu'ils n'étaient pas Parisiens. L'énorme ville n'est qu'une agglomération de petites patries, de clans où de gens de même origine se tiennent étroitement. Ils avaient

donc pu, se fiant à la clairvoyance et à leurs affinités, choisir parmi leurs compatriotes. Les familiers du logis en appréciaient l'accueil ouvert, l'hospitalité copieuse, le bel ordre et le minutieux confort. On y respirait un air léger et joyeux. M. Delcambre avait réalisé avec un soin patient un intérieur Louis XIII, c'est-à-dire contemporain de la maison et de la place tout entière. Si bien que, depuis les meubles et les tapisseries murales jusqu'à la coupe des pièces et l'échappée sur les façades voisines, tout avait même âge et même style. Et, pour ceux-là même qui ne la discernaient pas clairement, cette sorte d'unité répandue par toute la demeure la rendait encore plus harmonieuse.

L'un de ces visiteurs habituels exerçait sur Adrien une influence, un attrait particuliers. Son exemple devait bientôt éclairer l'adolescent sur ses propres goûts et lui révéler ainsi la voie qu'inconsciemment il souhaitait de suivre. Pierre Roncin était professeur de botanique au Muséum. Né dans un village des Basses-Alpes, il avait connu Georges Delcambre au lycée de Nice. Comme il arrive fréquemment, les deux camarades ne s'étaient recherchés et retrouvés qu'aux environs de la quarantaine, à ce point d'âge où l'on a moins à vivre qu'on n'a vécu, où le passé, devenant plus long que l'avenir, nous incline vers lui.

C'était un des grands souvenirs d'Adrien, cette première promenade aux serres du Jardin des Plantes, sous la conduite de M. Roncin. Il avait alors une quinzaine d'années. Il faisait un temps aigre et noir de novembre. Dans la grande tranchée ouverte par la Seine à travers la ville, le vent chargeait au galop, piquant et tailladant les visages. Et tout à coup, derrière un mur de verre, on trouvait les tropiques, la chaleur humide, la senteur végétale, le recueillement d'une forêt de palmiers. Cette tiède moiteur, cet étouffement voluptueux, cet arome de terre et de verdure, poursuivaient encore dans les petites nefs claires où les orchidées déversaient, des nids de liège où elles étaient suspendues, leurs fleurs imprévues.

M. Roncin guidait le groupe au long des allées étroites. Au passage, des jardiniers lui détachaient de grands coups de casquette. C'était un assez petit homme, sévèrement vêtu, la poitrine creuse, le visage maigre mangé d'une courte barbe grisonnante, une de ces silhouettes qu'on ne voit pas quand on les croise dans la rue, tant elles requièrent peu l'attention. Seulement, en souriant, il découvrait des dents de jeunesse et de santé; en parlant, une voix musicale et pénétrante; en levant les paupières, des yeux magnifiques d'un bleu profond. Il disait doucement des choses violentes. Il révélait timidement un esprit audacieux. Il s'accompagnait de gestes simples et discrets, comme s'il jonglait avec les idées. Il donnait sur les plantes, sur leur rareté, leur caractère, leurs mœurs, des détails savoureux et frappants. Il en était si fier et les connaissait si bien, il les maniait avec des soins si tendres et si caressants pour les montrer en lumière et en beauté, qu'au milieu de ces exilées il apparaissait comme un père parmi ses enfants.

Mais il avait une autre fille, une vraie, celle-là, qui ne ressemblait guère à ses sœurs les orchidées. Sylvie n'était ni mystérieuse ni lointaine. Sa gaieté prime-sautière et turbulente, sa face ronde toujours sabrée de mèches noires qu'elle rejetait d'un mouvement de tête et d'une main preste, effarouchaient, aux premières rencontres, le correct Adrien, pourtant plus âgé qu'elle. Vraiment, il préférait le père à la fille.

Il recherchait le savant, se troublait et s'enorgueillissait de retenir son attention. L'amour inquiet dont il entourait son enfant, son veuvage précoce, sa valeur reconnue de ses confrères eux-mêmes, ses livres dédicacés qui trônaient dans la bibliothèque paternelle, tout auréolait Pierre Roncin de prestige aux yeux du jeune garçon. Il lui vouait une de ces admirations que l'envie n'entache point encore, un de ces attachements où l'instinctif besoin d'aimer se satisfait et se précipite et dont l'adolescence est seule capable. Il n'était pas loin d'en faire un de ces demi-dieux que se forgent, dans leur extrême jeunesse, les peuples et les êtres. Aussi, un tel exemple devait-il agir sur une destinée encore indécise et libre de se déterminer.

En effet, vers seize ans, Adrien souhaitait confusément une existence pareille à celle de Pierre Roncin, une activité qui, nourrie et mûrie dans la paix du laboratoire, s'élançât ensuite au dehors, se répandît par le livre et la parole. Tout au plus la rêvait-il, cette vie, un peu plus brillantée de gloire, vouée à des travaux moins méconnus de la foule. Il l'avouait ingénument: il aurait voulu se sentir estimé et applaudi, être un de ces hommes à la fois heureux et utiles, qui sèment des idées et récoltent des louanges.

A la même époque, sa curiosité générale et son appétit de savoir se développaient en un de ces bonds soudains qui sont la règle de la croissance physique et morale. La seule pensée d'entendre un professeur préféré, de retrouver un volume aimé, accélérait son pas et le rythme de son être. Il traversait cette période bénie où, quand on ne fait qu'apprendre, on croit découvrir; où, à fouler le champ des connaissances acquises, on éprouve des joies d'explorateur. Au cours d'une lecture, il s'interrompait, s'assurait qu'il lui restait encore beaucoup de pages à déguster, qu'il ne touchait pas encore au fond de son plaisir. Il s'exclamait tout haut, dans des ravissements. Ou bien il se sentait soudain emporté par ces vertiges qui éblouissent au seuil d'un abîme ou dans la contemplation de l'infini céleste. Parfois, on le surprenait dans sa chambre, étendu à terre, les coudes au tapis, le front dans les mains, et perdu dans un livre: « Oh! Adrien, ce n'est pas raisonnable », disait sa mère. Et son père, tout remué de se reconnaître en son fils: « Laisse-le donc. »

Jamais vocation ne fut mieux à même de pointer et d'éclore. Adrien n'était pas contraint, comme tant d'autres, de se jeter sur le premier outil disponible, dans la première place vide, pour cesser d'être à charge. Ses parents lui laissaient toute liberté d'attendre et surtout de choisir. Ils n'entendaient pas lui imposer une carrière, décider ainsi de toute son existence. Ils répugnaient à user de cette autorité redoutable, vestige de la loi romaine qui donnait au père le droit de vie et de mort sur son enfant. Tant de gens n'invoquent leur expérience devant leur fils que pour lui imposer en réalité leur goût ! Ils n'oubliaient pas que le métier est un compagnon de toute heure, que la pire calamité est de le haïr et la plus grande joie de l'aimer.

Pierre Roncin approuvait et guidait ses amis. Puisque leur fortune le leur permettait, le mieux était d'armer leur fils et de lui laisser chercher le vent. Il exalta les ressources merveilleuses des Facultés pour qui veut sérieusement enrichir son esprit. Puisque Adrien avait si grand'faim d'apprendre, il pourrait suivre de front, aussi loin que possible, les lettres et les sciences. C'étaient les deux rails parallèles qui traçaient la bonne voie. Il s'offrit à l'aiguiller aux embranchements. Chemin faisant, l'étudiant prendrait des grades, ne fût-ce que pour se faire donner actes des étapes franchies, comme un coureur fait contrôler son passage sur la route. Sait-on jamais si l'on n'aura pas besoin de ces papiers-là ? On ne peut pas vivre hors de son temps...

Et les vieilles façades de la place des Vosges — qui avaient déjà surpris tant de rares spectacles, depuis trois siècles — purent voir désormais passer, très jeune et très soigneux, un étudiant ravi d'étudier.

Un événement troubla, au bout de quelques mois, cette studieuse existence d'Adrien : le mariage de sa sœur Mariette. Par précaution, bien que sa santé se fût raffermie, elle n'avait jamais quitté le Midi. Elle était devenue, pour ses grands-parents Delcambre, une enfant d'adoption. De leur petite-fille, ils faisaient leur fille. Ils avaient confié son éducation aux religieuses de Cannes, l'allaient voir chaque semaine et l'emmenaient à chaque sortie. Maintenant, ils la mariaient.

Son fiancé s'appelait Robert Dupreux. Il était premier clerc dans une grosse étude de notaire, à Paris. Ces Dupreux, d'anciens négociants, s'étaient récemment retirés à Saint-Raphaël, où leur fils les rejoignait aux vacances. Des amis communs avaient rapproché les deux familles en vue d'une alliance. Toutefois, selon la coutume, les deux partis s'étaient renseignés avant de prendre contact : les jeunes gens, même avant de se voir, étaient assurés de se convenir par l'âge et la fortune... L'affaire fut rondement menée, dans les formes d'usage, par grand'mère Delcambre, heureuse de conclure enfin une union selon ses goûts. Deux mois après la première entrevue, les nouveaux mariés, unis du jour même, partaient pour l'Italie. Au retour du classique voyage, ils s'installaient à Paris, dans l'un de ces immeubles neufs qui remplaçaient, sur le boulevard Saint-Germain, des hôtels historiques.

Adrien vit pour la première fois Robert Dupreux la veille du mariage, à Saint-Raphaël. Il guettait avec une intense curiosité cet homme qui, selon l'expression anglaise, allait devenir « son frère dans la loi ». Robert avait vingt-huit ans, du cheveu, de l'œil, de la dent, du muscle, et surtout de la barbe. Pensez à quelqu'un, vous verrez aussitôt le trait caractéristique de son visage ou de sa personne. Ce sont deux souvenirs qui s'associent étroitement, jusqu'à se confondre. Il y a des gens qui, dans notre mémoire, sont présentés par leur front, leur nez, leur tic, leur taille ou leur embonpoint. On ne pouvait pas évoquer Robert Dupreux sans songer à sa barbe. Non pas qu'elle fût démesurée ou envahissante, ni même singulière. Elle était taillée en rabat, noire et vernie, ferme et douce. Mais elle ressemblait à son maître. Elle le résumait. Samson n'avait mis que sa force dans sa chevelure. Robert était tout entier dans sa barbe. La couper, c'eût été le guillotiner. Au demeurant, il y avait de la franchise dans sa poignée de main, de l'expansion dans son geste, de la tendresse dans son regard et de la grâce dans sa parole. Dès le premier jour, rappelant leur prochaine installation à Paris, il dit à Adrien :

— Au moins, je ne vous enlève pas votre sœur, comme un vilain beau-frère ordinaire : je vous la ramène, moi... Et j'espère bien que vous viendrez la voir pour tout le temps que vous ne l'avez pas vue.

L'étudiant n'y manqua pas. Et, de fait, il se plaisait, quand il venait s'y asseoir, à ce foyer tout frais où les cristaux et l'argenterie

aveuglaient de leur éclat vierge, où les ser-
viettes se tenaient encore raides comme de
la tôle, où le bois des meubles jouait sous
le vernis et l'encaustique, où tout, depuis
l'étoffe des tentures jusqu'au bonheur du jeune
couple, fleurait une vive et saine odeur de
neuf.

Il ne se doutait guère qu' il en deviendrait
bientôt l'hôte assidu et régulier...

Moins d'un an après le mariage de sa
sœur, une lettre de Suède tomba place des Vosges. L'oncle, le tuteur de sa mère, se mourait.

Depuis des années, il mûrissait un projet
audacieux et gigantesque. L'un des premiers,
il avait songé à transformer la force des
torrents et des cascades en énergie électrique, à la conduire jusqu'au cœur des cités,
où elle répandrait le mouvement et la lumière.
Et, à l'instant où les travaux, au prix d'efforts
et de sacrifices énormes, touchaient à leur
fin, il succombait. De son lit d'agonie, il
s'adressait à ce neveu qu'il n'avait jamais vu,
mais qu'il savait technicien, et dont il avait
pu mesurer le mérite. Il l'adjurait d'achever
l'œuvre, de ne pas la laisser tomber en d'autres
mains, au moment où elle échappait victo-
rieusement aux résistances de la routine et
aux embûches de l'envie. Il suppliait sa nièce
d'entraîner, puis de seconder là-bas son mari.
C'était son suprême vœu, que sa pupille dé-
cidât et profitât du succès. Des documents,
joints à la lettre, témoignaient de son exacti-
tude. Il implorait un mot, rien qu'un mot rassurant, qui lui permît de bien mourir.

Ainsi, cette détermination si grave devait
être pourtant rapide. M. Delcambre hésitait.
Il s'effarait de partir, à quarante-cinq ans,
pour l'étranger, pour l'inconnu. Il est vrai
que sa propre entreprise traversait une phase
critique : l'incessante évolution industrielle
allait le contraindre à transformer à fond son
outillage; là aussi s'imposait une grosse décision. Puis ses enfants, fixés à Paris, Mariette
par son mariage, Adrien par ses études, ne
pourraient pas le suivre. Mais il ne s'agissait
en somme que d'une mise au point et d'une
mise en train, qui n'exigeraient pas une longue absence. Un peu plus tôt, il aurait trem-

blé de ne pas trouver à son retour les grands-
parents Delcambre. Hélas ! comme s'ils avaient
achevé leur tâche terrestre le jour où leur petite-fille s'était envolée, ils s'étaient éteints à
court intervalle, peu après le mariage de
Mariette. Enfin, voyant de la beauté dans la
science, de la poésie dans l'action, Georges
Delcambre était séduit par la vaste aventure
que lui offrait le désir auguste du mourant.

Sa femme, retenue par les mêmes attaches
et les mêmes craintes, était sollicitée par l'attrait profond du sol natal, par l'instinct de
poursuivre et d'achever l'œuvre de l'un des
siens. D'après le code, la femme doit suivre
son mari. Mais elle prend sourdement sa re-
vanche. Dans la vie, c'est le mari qui suit sa
femme. Car, tôt ou tard, elle l'entraîne vers
sa famille ou son pays. Cette loi se vérifia. Les
Delcambre partirent, se rassurant, voilant
l'avenir indécis par l'espoir d'un prompt
retour. Ils gardaient leur logis de la place des
Vosges, où leur fils devait habiter.

Adrien errait dans l'appartement élargi
et sonore, où s'amplifiait sa détresse. Son papa,
sa maman... Ah ! pourquoi ne sent-on comme
on aime un être que lorsqu'on l'a perdu? Jamais il ne les aurait aussi violemment re-
grettés qu'en ce moment de sa vie. Plus tôt,
il les eût moins compris, ayant moins mesuré
leurs sacrifices; plus tard, il les eût moins aimés,
aimant ailleurs. Il était à l'âge des chagrins
sans mesure. Sa sensibilité muait, comme sa
voix, passait aux extrêmes avant de trouver
l'équilibre. Il s'imaginait qu'il ne les reverrait
plus jamais, les deux grands amis de toujours.
Et, vivant son rêve affreux, il s'affolait et
s'angoissait comme d'un deuil réel. La vue
des objets familiers lui faisait mal : dans le
salon, le pupitre à violon, mobile sur sa cré-
maillère, se haussait juste à la taille paternelle. Adrien détourna les yeux. Sur la cheminée, un coffre d'onyx recélait toutes sortes
de débris : clefs de montre, pièces démonéti-
sées, une plume, une vis, un jeton, fragments
de cuivre, de bois, résidus accumulés au jour
le jour dans cet humble reliquaire où dor-
maient les poussières du foyer. Adrien n'osa
pas l'ouvrir. Il évitait les portraits, les glaces

même, qui pourtant ne gardent rien des images reflétées, les glaces qui n'ont pas de mémoire...

Il se vit néanmoins. Il aperçut ses paupières rougies, ses joues tuméfiées, ses cheveux épars, en contraste avec sa mise impeccable. Ah! c'était bien lui tout entier, cette face démontée, amollie de larmes, au-dessus du col haut et rigide. Quelle stupeur, chez les mamans de ses amis, — il n'y a pas de juges plus impitoyables, pour un adolescent, — si elles l'avaient surpris ainsi, dans la peine et l'abandon! Trompées par ce soin dans la tenue, cette réserve dans l'expression qu'il avait hérités de ses parents et qu'exagérait sa grande jeunesse, elles prenaient cette surface roide et correcte pour le fond de son caractère. Elles lui reconnaissaient de l'intelligence, de l'ambition, mais le taxaient d'égoïsme, d'orgueil et de sécheresse. « Sec comme une trique », disait l'une d'elles. Ah! si elles avaient su quel bois tendre se cachait sous l'écorce, et tout gonflé de sève généreuse!...

Mariette entra. Ils avaient reconduit leurs parents ensemble. Elle mettait en ordre le logis. Elle était alourdie par une grossesse avancée. L'ampleur de ses formes, noyées sous le vêtement lâche, accusait encore la netteté de sa petite tête brune et fière, sculptée à arêtes vives et à pans droits, où brûlait, au creux de l'orbite profonde, le beau regard sombre de grand'mère Delcambre.

Adrien la connaissait mal encore. A Valescure, ils n'étaient que des enfants, jetés aux bras l'un de l'autre dans la joie de se retrouver, d'être deux à jouer et même à se disputer. Et, depuis qu'elle habitait Paris, elle traversait cette période ingrate qui suit le mariage, où la jeune femme reste indécise, comme si elle était encore enveloppée de ce voile nuptial qui cachait son trouble et sa surprise aux regards. Mais, sous cette neutre apparence, aussi bien que jadis sous ses dehors despotiques de petite fille trop choyée, il la sentait tendre et dévouée, prête à le défendre et à l'exalter. Elle s'approcha :

— Tu as du chagrin... C'est vrai, tu ne les avais jamais quittés, toi. Moi, encore, j'étais habituée à vivre loin d'eux. Pauvre frérot!...

Mais je suis là. Et Robert aussi t'aime bien. Tu sais, c'est convenu avec papa et maman : nous t'adoptons. Nous aurons un grand enfant tout poussé. Je me ferai la main sur toi, en attendant l'autre. On te gâtera. Allons, viens.

Il lui prit les mains :

— Merci, petite sœur.

Et ils partirent, bien serrés l'un contre l'autre.

Sa détresse découvrit un autre refuge, chez les Roncin. Le professeur de botanique habitait devant son cher Jardin des Plantes, rue Linné. La vue des fenêtres formait décor. Comme portants, de part et d'autre, l'antique et lourd portail de la Pitié et la fontaine de Cuvier toute grouillante d'animaux de pierre; dans l'espace libre, se dressait, au delà de la grille d'entrée, la colline du Labyrinthe, vêtue et couronnée de cèdres noirs...

Quelques sobres morceaux d'art, peints ou sculptés, paraient la simplicité avenante du logis. Mais il s'éclairait surtout de ce sourire si jeune qui surprenait dans la courte barbe grise de Pierre Roncin, de son regard profond et de la présence de sa fille. Sylvie n'était plus l'enfant terrible et turbulente, toute barbouillée de mèches noires, dont s'effarait jadis le correct Adrien. Son impétuosité bondissante s'était fondue en une gaieté fraîche et légère. Et rien n'avait pu ternir son enjouement : ni ce rôle de maîtresse de maison qu'elle tenait depuis l'âge de douze ans près de son père veuf, ni les entretiens, graves par le sujet et libres par les mots, des savants amis qui s'asseyaient au foyer et parlaient devant elle. Sa face toute ronde et malicieuse, ses traits bridés, d'un type asiatique qui déconcertait, sa silhouette garçonnière, — que soulignait encore la longue blouse grise à taille dont elle s'enveloppait volontiers, — n'étaient guère faits pour troubler un jouvenceau comme Adrien. Pourtant, il se plaisait près d'elle, dans sa pureté avertie, sa joie saine.

Un jour qu'ils guettaient à la fenêtre le retour du professeur, elle lui dit :

— Voyez-vous, Adrien, j'aurais dû naître garçon, moi. J'ai raté ma vocation. C'est vrai. Papa est de mon avis. Il regrette que je ne puisse pas être son préparateur. Je ne peux lui servir que de secrétaire. Je suis sûre que nous nous serions si bien entendus, vous et moi. Tenez, il y a un mot d'argot, un mot où il y a du compagnon et du complice, et qui dit seul ce que je veux dire : copain. Je suis sûre que nous aurions fait une paire de copains, tous les deux !

Il répliqua, amusé :

— Mais nous sommes très copains. Vous êtes même mon meilleur copain. Car je suis si difficile dans le choix d'un ami que je n'en ai pas encore trouvé, hors de vous.

Elle murmura, les yeux lointains, hochant la tête : « Oh ! je me comprends ! » Un instant, elle se tut. Puis, égayée, sans transition, montrant du doigt, de l'autre côté de la rue, le groupe d'animaux sculptés sur la fontaine :

— Je parie, jeune étudiant, que vous ne connaissez pas la « colle » du professeur Aubin sur le monument de Cuvier?

— Non.

— Apprenez-la donc. Je la tiens de M. Aubin lui-même. Cela vous servira peut-être à votre examen de zoologie. Il demande au candidat : « Connaissez-vous la fontaine en l'honneur de Cuvier, monsieur? » Et si le malheureux répond qu'il la connaît : « Eh bien, quelle est la faute commise par le sculpteur? » Vous ne la voyez pas, vous, la faute. Moi non plus, je ne la voyais pas. Et c'est M. Aubin qui me l'a montrée, de cette place : le caïman tourne la tête. Or, il ne devrait pas la tourner, paraît-il, parce qu'il a les vertèbres du cou soudées ensemble. Voilà !

Ah ! ce n'est pas chez Mariette qu'on aurait osé parler si légèrement des examens d'Adrien ! Là, on les attendait dans une angoisse touchante et démesurée. Un échec eût pris des proportions de catastrophe. La réussite atteignait à l'apothéose. Sa sœur lui avait promis de le traiter comme son propre enfant. Elle tenait amplement parole. Même, une jeune mère se laisse aller envers son bambin à des impatiences, à des vivacités de langue et de geste. Ce n'était pas cette tendresse-là que Mariette témoignait à Adrien. Elle lui

vouait l'adoration aveugle et farouche, absolue, de certaines mamans pour leur grand fils.

L'étrange femme... Maintenant qu'il la voyait chaque jour et qu'elle avait dépouillé sa modestie de jeune mariée, Adrien commençait à la connaître. Mais ce n'était pas trop d'une telle assiduité. Car elle déconcertait. Elle s'engouait et se dégoûtait rapidement, aussitôt prise que déprise. Des inconnus devenaient ses intimes dans la huitaine et disparaissaient dans le trimestre, exécutés dès qu'ils cessaient de plaire. Séduite par une idée, elle la répudiait pour en épouser une autre, toute contraire, dans la belle sincérité de l'inconscience. Mais, à travers tous ces caprices, elle restait fidèle à ses croyances et à ses affections profondes. Agitée et diverse en surface, mais constante en ses penchants secrets, elle ressemblait à ces rivières rapides dont les ondes valsent, montent, descendent, parmi les tourbillons et les remous, s'irisent des reflets de leurs rives changeantes, et cependant suivent leurs cours et marchent à leur but.

Peu d'êtres lui étaient réellement chers; mais elle leur restait passionnément attachée. Adrien comptait parmi ces élus. Aussi n'aurait-il pas fait bon prétendre devant Mariette que son frère n'était pas le mieux doué, le plus brillant, le plus sûrement prédestiné des jeunes hommes de son temps !

Et il fallait l'entendre et la voir, le ton aigu, les sourcils et les doigts crispés, les yeux brûlants de fièvre, lorsque, épousant les soucis de l'étudiant, elle s'irritait contre les injustices d'un professeur, les difficultés d'un concours, jetant à la volée les mots techniques comme si elle n'avait jamais parlé d'autre langue de sa vie !

Devant ses amis du jour, elle déplorait en l'admirant — contradiction bien maternelle — l'effort excessif exigé d'Adrien :

— Croyez-vous qu'à peine achevée sa philosophie pour sa licence ès lettres, il fait en même temps son embryologie, sa physiologie et son histologie pour sa licence ès sciences?

Tout le monde devait savoir que l'histologie est l'étude des tissus organiques, que l'embryologie traite de l'évolution des êtres, depuis que Mariette l'avait appris. Et de s'étendre sur les travaux pratiques. Elle racontait la dissection d'un céphalopode à croire qu'elle-même avait tenu le scalpel; elle décrivait les coupes de substance cérébrale en lames minces comme si elle s'était penchée en personne sur le microscope...

Adrien, en effet, adoptait le plan tracé par Pierre Roncin. Et il déployait autant de vaillance à poursuivre ses études que Mariette à les commenter. Après un an de caserne qui lui laissait l'impression d'une longue fatigue de corps et d'un long repos d'intelligence, il reprenait sa tâche avec une ardeur renouvelée.

Mais il entrait dans une phase grave et décisive : son être moral allait prendre sa physionomie personnelle, arrêter ses lignes, comme son visage fixait ses traits adultes. La nature de son travail s'en modifiait. Ce n'était plus le fougueux appétit de l'adolescence, qui le jetait indistinctement sur toutes les nourritures. Désormais, il choisit ses mets, affirma ses goûts. Il adoptait ou repoussait les opinions offertes. Maintenant, certains livres l'exaspéraient, le soulevaient en sursauts indignés; il les frappait, les rejetait loin, feuillets écartés par la chambre. D'autres, au contraire, le ravissaient, ils peignaient clairement ce qu'il entrevoyait; ils prolongeaient sa pensée et le révélaient à lui-même. Dédaigneux des conseils de la routine et de la paresse, il obéissait librement à ses dilections secrètes. Dans l'immense foule des penseurs, il choisit, proclama ses maîtres, ceux qui faisaient passer en lui le frisson de la vérité. Il prit le sentiment de se réaliser, d'exister pleinement. Dans toutes les directions où poussait sa curiosité, il aboutissait à une conviction ferme, d'un dessin net...

Ah! comme Pierre Roncin avait raison, lui qui voyait partout des analogies entre la vie de l'homme et celle du végétal! La croissance de l'esprit n'était-elle point toute pareille à celle de la plante, qui d'abord cherche sa subsistance de toutes parts, aveuglément, par ses mille racines, dans l'obscurité de la terre, puis, s'élançant au jour, se nourrit d'éléments plus subtils, obéit à ses affinités et

enfin s'exprime et s'épanouit dans les contours précis de ses feuilles et de ses fleurs?

Cette première fleur, cette première manifestation de lui-même, où s'inscrivirent tous les caractères de sa personnalité, ce fut son premier livre. Pendant près de deux ans, tout en poursuivant ses études théoriques et ses recherches de laboratoire, il en avait amoureusement amassé la substance et poli la forme. C'était un de ces ouvrages mixtes dont la matière savante revêt une tenue littéraire. L'essai s'appelait *Psyché*. Il portait en épigraphe la phrase de Leibniz : « La vie est universelle ». Psyché n'était pas l'héroïne de la fable charmante que les anciens nous ont léguée, mais, au sens originaire du mot, la force qui anime, le principe même de la vie. Cette conception, Adrien en notait rapidement les métamorphoses à travers le temps, les philosophies et les religions. Tour à tour, la force mystérieuse s'appelait âme, esprit, souffle, fluide. D'abord différente selon qu'elle s'appliquait aux hommes et aux animaux, elle devenait enfin une simple manifestation de l'énergie générale, s'identifiait chez tous les êtres organisés et s'ébauchait même dans la matière inerte. Cette notion dernière, Adrien s'y attardait et l'adoptait fermement. Sans l'ériger en dogme et tomber par là dans un aveuglement sectaire, il la considérait, en l'état de sa connaissance, comme la plus proche de la vérité.

Le premier volume... Initiation douce et décevante, comme celle de l'amour. Il sait bien, l'humble débutant, que, parmi la foule des livres et la féroce concurrence, son génie ne va pas éclater en coup de tonnerre et se répandre sur le monde en roulements sonores. Et cependant il espère... il se rappelle les cas légendaires où la page d'essai fut un brevet de gloire... Et puis tout se passe discrètement. La vie continue. L'ordre de la nature n'est pas troublé. L'édition restreinte, dont l'auteur n'ose même pas demander de nouvelles aux commis de la librairie, s'ébrèche à peine. Quelques articles, parus dans les journaux sans tirage, dans d'anémiques revues, et dus à des camaraderies ou à des critiques obscurs et consciencieux, suffisent à panser l'orgueil blessé du néophyte. Déjà, il recommence.

Tel fut le sort de *Psyché*. Mais Adrien était trop lucide pour ne pas l'avoir prévu, trop constant pour s'en frapper. Au surplus, ne tirait-il pas de cette tentative de fermes encouragements? Quelle bonne et chaude lettre il avait reçue de Suède en retour de son livre! C'est si doux, si rare, de se sentir en parfaite communion de pensée avec ceux dont on est issu. Ses maîtres, auxquels il avait fait hommage de son volume, mêlèrent, à des critiques bienveillantes, des éloges avertis, d'autant plus sincères que le livre n'avait pas eu de retentissement.

Mais les louanges de Pierre Roncin lui furent surtout précieuses, non seulement parce qu'elles émanaient d'un esprit qu'il estimait très haut, mais parce qu'elles visaient les passages dont il souhaitait précisément d'être loué. Sylvie s'était réjouie de ce début comme d'une fête. Il fallut, sur ses instances, qu'Adrien restât à dîner le jour du lancement. Et l'asti, le vin mousseux qu'on buvait au pays de Pierre Roncin, sur la frontière italienne, aux dates mémorables, l'asti pétilla ce soir-là dans le petit logis de la rue Linné. La jeune fille exigea un exemplaire à son nom. En le lui apportant, il lui dit, la plume en l'air:

— Moi, la dédicace m'embarrasse plus que tout le bouquin.

Elle répliqua:

— Attendez. Je vais vous dicter. Écrivez: *A Sylvie Roncin, son copain. Adrien Delcambre.*

Dans cet intime concert, une seule fausse note éclata: Mariette et surtout son mari ne goûtèrent pas *Psyché*.

Pourtant Adrien vivait toujours dans leur intimité, s'asseyait toujours à leur table. Ses parents, en effet, ne parlaient plus guère de retour: leur entreprise, bien que florissante, exigeait leur présence continue en Suède. Après les avoir attendus de mois en mois, d'année en année, on se résignait à considérer ce provisoire comme définitif. Adrien avait dû faire une fois le voyage pour les revoir. Entre Robert, Mariette et lui, rien n'était

donc changé. Et, si son beau-frère avait acheté l'étude de son patron, si sa barbe en avait pris plus de luisant et sa carrure plus d'embonpoint, son affectueuse bonne grâce n'avait pas varié.

Chez eux plus qu'ailleurs, on attachait à cette publication une importance d'événement. On était convaincu que le premier livre d'Adrien Delcambre allait ébranler le monde. Et voilà que, les pages coupées et parcourues, Mariette ne lui servait que de fades éloges. Quoi? Voilà tout ce qu'elle trouvait, cette sœur fanatique, qui voyait d'avance son Adrien tout pavoisé de croix, enguirlandé de palmes vertes aux revers de l'habit, et qui lui promettait sa statue, sa rue, enfin toute la gloire? Quant à Robert, de prime abord, il se tut simplement: la pire offense envers un auteur.

Cependant, ce malaise ne surprenait Adrien qu'à demi. A mesure que sa personne morale s'affirmait, prenait ses traits définitifs, Robert et sa femme lui apparaissaient d'une mentalité profondément différente de la sienne, comme d'une autre race.

Mariette, instable d'apparence, dépistait d'abord le jugement. Mais, à l'usée, on s'apercevait qu'elle gardait l'empreinte profonde du milieu où elle avait vécu sa jeunesse. Elle recommençait grand'mère Delcambre. La thèse soutenue dans *Psyché* devait heurter ses instincts et ses croyances. Et son malaise s'expliquait par l'antagonisme entre son adoration pour Adrien et sa répugnance aux idées qu'il défendait.

La divergence apparaissait plus nette encore entre Robert et lui. Non pas que son beau-frère fût agressif. Au contraire, il était pacifique et cordial. Il n'éprouvait jamais le besoin de brandir ses convictions. Mais il était pénétré de leur valeur et de leur solidité. Assises au fond de lui, elles lui donnaient de la quiétude et de l'assurance, comme les titres de tout repos enfermés dans le coffre-fort de l'étude. Il ne les trahissait que par ces mille riens dont est tissée la vie courante; une réflexion ingénue à propos d'un événement politique ou social, le choix des journaux, la tournure donnée à la toute première éducation de ses deux enfants, Claude et Lise.

2

Adrien s'apercevait depuis longtemps qu'en tous points il pensait autrement que Robert. C'était, entre eux, l'antagonisme éternel d'un esprit novateur et d'un esprit traditionnel. Mais, respectueux des idées d'autrui, soucieux d'entente, impressionné d'ailleurs par les dix ans d'aînesse et la gravité tranquille de son beau-frère, le jeune homme se taisait. Seulement, son livre avait parlé pour lui, éclatant comme une profession de foi affichée sur une muraille. Dès lors, l'opposition devenait manifeste aux yeux mêmes de Robert.

D'abord, à la lecture de *Psyché*, il resta abasourdi sous le coup de la surprise. Il était choqué, comme d'une inconvenance, par une théorie qui proclamait l'unité de la vie, qui fondait les trois règnes de la nature en un seul. Il ne pouvait pas admettre qu'une même énergie circulât dans un cristal en formation, dans un artichaut, dans un chien et dans un notaire. Puis, très vite, sûr de posséder la vérité, il se reprit. Désormais, il considéra son jeune beau-frère avec une sorte de curiosité indulgente, comme un phénomène. Qu'on pût penser autrement que lui, c'est-à-dire autrement que tout le monde, cela lui paraissait presque comique. Il interrogeait Adrien sur ses théories un peu comme un riche Yankee questionnerait un pauvre Indien sur ses superstitions. Un mot surtout l'intriguait, qui revenait souvent dans le livre et sur les lèvres d'Adrien et qui semblait être la clef de sa doctrine : *déterminisme*. Comment pouvait-on être déterministe? Un jour, après déjeuner, à l'heure du café, il lui demanda, légèrement goguenard :

— Enfin, qu'est-ce donc au juste que ce fameux déterminisme?

Ah! certes, à cet instant-là, Adrien ne se doutait guère qu'il hésiterait un jour à conformer ses actes à ses convictions, que le drame de sa vie naîtrait de leur conflit et qu'en affirmant ses croyances devant Robert et Mariette il se donnait pour l'avenir des juges et des témoins redoutables... Ému, cependant, parce qu'il les sentait incrédules, presque hostiles, l'un dans sa bonhomie, l'autre sous sa tendresse, il répondit, cherchant ses mots :

— Etre déterministe, c'est, surtout, croire que nos actes, que nos paroles, sont déterminés par des influences qui s'exercent sur nous, des réactions qui se développent en nous, mais dont nous ne sommes pas maîtres, pas plus que nous ne sommes maîtres des phénomènes de notre vie physique. Toutes ces forces se combinent, se composent, aboutissent à une résultante, qui est notre acte ou notre parole. Notre conscience enregistre cette délibération, mais ne la dirige pas. Si j'analyse le plus simple de mes gestes, saisir un objet, marcher vers un but, je vois que j'obéis à un ensemble de sollicitations que je n'ai pas provoquées spontanément. Notre cerveau ressemble à un piano. Le clavier, c'est la gamme nombreuse et complexe de nos instincts. Que certaines touches soient ébranlées, et l'instrument rend un certain son. Mais il n'était pas maître d'en rendre un autre. Au moment où nous croyons prendre librement une résolution, toutes ces voix intérieures ont déjà délibéré, conclu à cette décision. Nous n'avons que l'illusion de la volonté.

Mariette se taisait, la face fermée, les yeux brillants et sombres. Robert, renversé au dossier de sa chaise, balançait doucement la tête. Sa barbe se roulait dans son col. Jovial, il s'étonna qu'un garçon instruit et intelligent pût s'arrêter à de telles sornettes. Il proclama que ce déterminisme n'était que le vieux fatalisme des Arabes retapé à la mode du jour et que ces théories, si jamais — ce qu'à Dieu ne plaise — elles étaient prises au sérieux, seraient diablement dangereuses et commodes. Et, tandis qu'Adrien, soudain las et découragé, refoulait les arguments qui lui montaient à l'esprit, le notaire conclut :

— La meilleure preuve que j'ai mon libre arbitre, mon cher ami, c'est que je vais, parce qu'il me plaît, prendre ma canne, mon chapeau et regagner mon étude en fumant un cigare que j'aurai, croyez-le, délibérément choisi...

Adrien soupira. Il ne le convaincrait jamais. Décidément, depuis *Psyché*, il y avait quelque chose de faussé dans leur entente. Sous le ton amical de leurs entretiens perçaient, imperceptibles encore, la pitié narquoise de l'un, l'impatience retenue de l'autre. Éviteraient-ils longtemps un conflit plus aigu? Ils se sentaient, ils se savaient, désormais, si différents! Qu'il s'agît de justice, de patrie, de famille, qu'il fût question entre eux de domestiques ou de services militaires, de livres ou de théâtres, de grèves ou de lois, d'éducation ou de mariage, les deux beaux-frères s'apercevaient que le même mot éveillait en chacun d'eux des idées opposées. Autant de contacts, autant d'antagonismes irritants. Ah! elle se prolongeait, elle se complétait, l'image de Pierre Roncin, l'analogie entre la croissance du végétal et celle de l'esprit! Oui, la pensée se développe et s'épanouit en frondaisons. Mais les plantes humaines ne sont point isolées. Elles vivent rapprochées, en denses parterres. D'abord, au sortir de terre, les tiges sont libres dans leur essor. Mais bientôt, elles rencontrent leurs voisines; leurs feuilles se touchent, se contrarient, et leurs branches se froissent comme des épées qui se lient...

Un soir, après dîner, Adrien s'attardait dans le petit salon que Mariette appelait le « vivoir ». Elle avait invité une nouvelle venue qu'elle traitait déjà en intime. Elle avait rencontré Mlle Aubret au cours où elle conduisait sa petite Lise et où cette jeune femme professait le dessin. Dans l'engouement du début, elle la fêtait, la cajolait et déjà l'appelait par son petit nom : Hélène par-ci, Hélène par là. Hélène régnait. Ni grisée ni confuse de sa royauté, elle accueillait les flatteries de Mariette avec naturel et simplicité.

On prenait le thé. Les petites vitres à biseaux qui séparaient le « vivoir » du grand salon obscur jetaient des feux irisés de diamant sur du velours noir. Les bulles incandescentes luisaient dans des corolles de cuivre, aux pétales chiffonnés. Sur la tenture d'un rouge sombre, des bibliothèques d'acajou couraient, closes d'un treillis doré. Et Adrien admira combien cette atmosphère chaude et rousse faisait valoir la nouvelle amie de Mariette, son teint blanc, ses cheveux nuancés du blond clair au châtain foncé. Il avait tout de suite remarqué le buste et les bras pleins de la jeune femme, ses yeux éblouis et brillants comme s'ils venaient de regarder le soleil, et le feston de ses lèvres bien roulées, d'un éclat mouillé.

Une sonnerie de téléphone retentit dans une pièce voisine. Robert se leva péniblement. Quand il revint :

— Sale instrument! maugréa-t-il.

Adrien sourit :

— Pourquoi le prenez-vous?

— Pour faire comme les autres, parbleu, pour imiter le voisin, pour lutter avec les mêmes moyens que lui. Ah! Si tout le monde voulait y renoncer du même coup...

— Tiens! Mais c'est la théorie du désarmement! s'exclama Adrien.

Contre son habitude, et sans savoir pourquoi, il se sentait d'humeur taquine et presque combative.

Mariette, qui craignait toujours une collision jusqu'alors évitée, fit diversion. Et tournant vers sa nouvelle amie ce visage si doucement séduisant qu'elle savait prendre quand elle voulait plaire :

— Et vous, Hélène, êtes-vous pour ou contre?

— Oh! pour ma part, dit la jeune femme, je n'en use guère. Mais je me souviens d'un tout petit trait que m'a raconté le peintre Félis, mon ancien professeur. Vous le connaissez de nom. Il est veuf. Il a deux filles. Un matin, la plus jeune, six ans, se réveille souffrante : la fièvre, mal à la gorge. Justement, Félis devait partir le jour même pour Bruxelles, afin d'organiser une exposition de ses œuvres. Il hésitait à laisser cette petite entre sa bonne et sa sœur, une fillette d'une douzaine d'années. Enfin, il se décide. Mais en route, son inquiétude grandissait. Arrivé à Bruxelles, vers minuit, il saute sur le téléphone. Sa fille aînée vient à l'appareil. Elle lui dit que la fièvre était tombée, que le thermomètre marquait trente-sept juste; sa petite sœur avait bien bu sa tisane; elle venait de s'endormir, avec sa poupée dans ses bras... Eh bien, d'être si vite rassuré, d'entendre la voix de sa fille tout près, à l'oreille, d'apprendre tous ces menus détails, tout ce qui se passait chez lui, dans le moment même, à cent lieues de là,

Félis avouait qu'il en avait les larmes aux yeux entre ses deux récepteurs et que c'était une des bonnes minutes de sa vie...

Il y eut un petit silence. Puis Robert, les coudes aux bras de son fauteuil, les mains jointes, les jambes croisées, un pied sautillant :

— Avouez que le cas est rare, mademoiselle... Et qu'on est plus souvent tenté de pleurer de rage que de pleurer de joie, entre ses deux récepteurs.

Un thème aussi rebattu que l'incommodité du téléphone ne méritait ni qu'on s'en émût, ni qu'on s'y arrêtât plus longtemps. Pourtant, d'entendre ainsi commenter les paroles de la jeune femme, Adrien fut secrètement piqué. Et, bien qu'il prévît l'éternelle discussion sur le progrès, oiseuse et banale jusqu'à l'écœurement, il répliqua, encore modéré dans le ton :

— Ce qu'il y a toujours d'un peu comique chez les ennemis de la science, c'est qu'ils s'en servent, tout en la maudissant. Ils usent de la dépêche, du petit bleu, des transports rapides, auto et chemin de fer, pour leurs affaires et leurs plaisirs. Ils vantent les vieux logis et ils les désertent. Ils dénigrent la maison moderne et ils s'y portent en foule. Ils blaguent les médecins et les appellent au premier bobo. Ils ne dédaignent ni l'ascenseur ni l'incandescence. Et ils ne pourraient plus se passer de leur journal, vite informé, vite imprimé, vite servi...

Robert agita doucement la tête :

— Mais c'est ce qui vous trompe, mon cher ami. On pourrait très bien se passer du journal, comme des autres merveilles que vous venez d'énumérer. Elles agitent, elles troublent l'existence, elles ne l'améliorent pas. Qu'elles disparaissent, et nous n'en serions pas moins heureux, au contraire.

Adrien connaissait la thèse : le progrès matériel n'entraîne pas le progrès moral. Il était d'un avis contraire. Agacé, il glissa :

— Ah ! oui... le bon vieux temps...

Robert prit sa barbe dans sa main blanche et velue :

— Mais certainement, il avait du bon, le vieux temps. Et, croyez-moi, mon cher Adrien, vous avez tort de le railler et de le

renier. Ça vous passera. C'est de la jeunesse...

A vingt-huit ans et devant une femme, on n'aime pas s'entendre reprocher trop de jeunesse. Adrien se souleva sur sa chaise :

— Qui vous parle de le renier ? On peut être très moderne et pourtant sensible au passé. Pensez-vous que je ne sois pas plus remué, plus emballé que bien des gens devant une chose très ancienne, une ruine, une vieille maison, une statue antique ; que je n'estime pas à son prix une jolie tradition, une coutume touchante, une chanson ou un costume pittoresque ? Croyez-vous que je ne me passionne pas pour les annales de ma famille, pour les lieux où elle a vécu, que je ne suis pas rassuré, satisfait, de sentir au-dessous de moi des racines profondes ? Mais de là à tout admirer, à tout respecter, sans examen, en bloc, les superstitions, les cruautés, l'ignorance, les préjugés, sous prétexte que c'est vieux et que ça nous a été légué par les ancêtres, ah ! non, non, par exemple !

Mariette, qui buvait son thé, s'arrêta. Les orbites creusées, sa petite face aux nets méplats soudain durcie :

— Voyons, voyons...

Elle se pencha vers son amie. Hélène Aubret épiait le débat, l'haleine en suspens. Entre ses fraîches lèvres entr'ouvertes, scintillaient ses dents vives. Elle suivait Adrien de ses yeux éblouis et fins. Il y crut deviner un secret encouragement. Il en fut caressé d'une douceur joyeuse. Mais Robert, toujours calme et coulé au fond de son fauteuil :

— Peuh ! J'admettrais bien ce triage-là si vous pouviez réellement améliorer le sort des hommes. Mais c'est impossible. Vous ne leur enlèverez jamais leurs vices ni leurs passions. De même qu'il y aura toujours des benêts et des malins, des infirmes et des gens bien portants, il y aura toujours des heureux et des misérables, des pauvres et des riches.

Adrien s'enfonçait les ongles dans les paumes. Déborder d'arguments et les sentir inutiles ! Il riposta, amer :

— Surtout si l'on se contente de le constater du fond de son fauteuil, sans essayer d'y rien changer. Soutiendrez-vous que nous sommes aujourd'hui aussi simples, aussi rudes, aussi barbares qu'il a vingt mille ans? Non, n'est-ce pas? Et pourtant il devait y avoir, à cette époque-là aussi, des gens pour déclarer : « Les hommes ne changeront jamais ! »

Mais Robert était invulnérable et serein :

— Bah ! Et vous-même, changez-vous quelque chose? Tous ceux qui s'agitent et pérorent à la tribune et dans les journaux, les champions de l'avenir meilleur, n'ont jamais amélioré qu'une situation : la leur.

Adrien se leva, atteint, douloureux. Là, devant une étrangère, on raillait sa croyance, on mettait en doute sa sincérité... Ses mains et ses genoux tremblaient...

— Alors, il n'y en a pas de bonne foi?

Robert hocha la tête :

— De bonne foi, je ne sais pas. Mais de bon sens, non. Le progrès, c'est de la blague.

Et il trancha, la main en couperet :

— Au fond, on ne changera jamais rien à rien.

Mariette s'appuyait au fauteuil de son mari. Adrien s'avança vers eux. Il cria, frémissant :

— Oh ! c'est trop injuste ! Mais ne blasphémez donc pas. Ne niez donc pas tout progrès... Écoutez, je vous aime bien, tous les deux. Je ne vous veux pas de mal. Mais si là, dans cette chambre où dorment vos petits, vous entendiez soudain la toux affreuse, la toux d'épouvante, enfin le croup, vous vous précipiteriez pourtant, nu-tête, affolés, vers le salut, vers le sérum qui, en une heure, vous rendrait vos enfants... Et que diriez-vous, si je me mettais en travers de la porte, si je vous barrais le chemin en répétant avec vous : « A quoi bon? Il n'y a rien de changé ! »

Mariette murmura, les yeux agrandis de reproche :

— Oh ! Adrien !

Robert témoignait, par une moue, qu'il jugeait la sortie déplacée. Quant à Adrien, il était surpris de sa violence et confus de s'y être abandonné devant cette jeune femme inconnue. Mais il ne la regrettait pas. Elle le soulageait. Il souhaitait d'être dehors, de se reprendre. La causerie se traînait péniblement. Dès qu'il le jugea possible, il prit congé.

En bas, dans la rue, tout vibrant encore, il décida, à voix haute : « C'est à n'y plus remettre les pieds. » Fatalement, ces irritantes querelles renaîtraient sans cesse. C'était miracle qu'elles n'eussent pas éclaté dès la publication de *Psyché*. Mais, maintenant que le pacte de silence était rompu... il n'y avait qu'un moyen de les éviter : ne plus s'y exposer...

Ses pas le conduisaient place des Vosges, sans qu'il prît y garde. Depuis tant d'années, il parcourait ce chemin presque chaque jour ! Cependant, peu à peu, il s'apaisa, se refroidit. Par les voies désertes, puis dans la solitude du logis, il s'examina, descendit en lui, selon sa coutume. Il pesa les motifs de sa résolution et la suivit dans ses conséquences.

Il imagina la sourde et maligne joie de l'entourage, le chagrin de leurs parents exilés, quand la désunion serait connue. Il évoqua Mariette, déchirée entre son frère et son mari. Il se vit seul... Et pourquoi voulait-il trancher tant de liens d'habitude et d'affection? Par dépit, parce que Robert et lui ne pensaient pas pareillement. Mais, enfin, il faut être logique avec soi-même et rester fidèle dans ses actes à ses théories : à ses yeux, son beau-frère n'était pas responsable de ses opinions, pas plus que de la forme de son visage, de ses gestes, de sa voix, des autres expressions de lui-même. Robert les avait toutes héritées ou acquises. Ses ascendants lui avaient donné, de naissance et par l'éducation, ce tour d'esprit. Il n'y pouvait rien. Ce n'était pas sa faute. On supporte les travers physiques de ses proches. Pourquoi s'insurgerait-on contre leurs travers moraux, quand on ne voit dans la pensée qu'une fonction supérieure de l'organisme, dans l'âme et dans le corps que des signes différents d'une même énergie vitale?

Adrien était trop pénétré, trop saturé de ses doctrines pour ne pas sentir toute l'inconséquence de sa révolte. Il souhaitait qu'en lui ce sens encore si neuf mais déjà si fort de l'irresponsabilité d'autrui parvînt à triompher des vieux instincts de colère et de haine. Oui, le plus sage et le plus juste, c'était de pouvoir étouffer ce ressentiment, de passer outre, et, tirant de l'escarmouche une moralité, d'aviser aux moyens d'en éviter le retour. Au surplus, pour raréfier les chances de conflit, il saurait espacer insensiblement ses visites.

Le lendemain, dès le matin, il courut à l'étude de Robert. Dans son cabinet, derrière un noble bureau Empire, le notaire le salua d'un : « Comment va ? » limpide et l'accueillit d'un visage sans rancune.

— Mon cher Robert, dit Adrien, les explications les plus franches sont les meilleures. Oublions, si vous le voulez bien, la petite scène d'hier soir...

Le notaire, la main envolée et la barbe cordiale, témoigna que, pour sa part, il n'y pensait plus.

— Mais, reprit Adrien, auparavant, vidons l'abcès, pour prévenir les rechutes. On ne se refait pas. En tous points, nos idées s'opposent, se piquent. Essayons donc d'éviter les contacts, de rentrer les pointes. Nous y réussirons d'autant mieux que la crainte d'un nouveau heurt sera peut-être un frein suffisant. De mon côté, je vous promets d'y tâcher...

— Tout en écrivant des livres, remarqua Robert en souriant.

— C'est vrai. Mais il faut bien que je m'exprime, que je me manifeste. Vous en serez quitte pour ne pas les lire. Cela ne vous privera pas beaucoup. Je veux parler surtout du frottement de la vie commune. Et là, vraiment, je crois être mieux préparé que vous à observer le pacte. Nos doctrines, à nous, sont sans cesse perfectibles, sujettes à révision. Elles sont fondées sur l'hypothèse, à la merci d'une découverte nouvelle. Nous le savons. Nous y pensons. Nous sommes prêts à nous incliner devant l'expérience. Si passionnément que nous y soyons attachés, nous ne les affirmons pas avec cette forte assurance que vous puisez dans les vôtres. Car vos opinions, à vous, sont dogmatiques, c'est-à-dire indiscutables. Leur excellence vous apparaît donc évidente...

Et comme Robert hochait modestement la tête :

— Mais si, mais si, reprit-il. Tenez, un exemple. En parlant de votre cause, de votre esprit, de votre civisme, vous dites : la bonne cause, de bons esprits, un bon Français. Vous avez le monopole de ce qui est bon. Vous en tenez brevet. Je n'y mets aucune ironie. Votre croyance est tellement absolue que vous vous défendez même d'y réfléchir, car réfléchir c'est discuter avec soi-même. Vos principes vous apparaissent si parfaits, que vous n'en imaginez pas d'autres. Et c'est pourquoi vous les exprimez avec tant de calme puissance, sans soupçonner même qu'il existe des gens d'avis contraire. Quand vous laissez tomber la vérité — votre vérité — de vos lèvres, vous ne concevez pas qu'il y ait quelqu'un dessous, que vous pouvez blesser. Quand on marche sur le pied du voisin, on lui fait très mal avec beaucoup de sérénité, justement parce qu'on ignorait qu'il se trouvait là. Je me permets donc de vous mettre en garde, comme je m'y mettrai moi-même. Je vous demande de ménager ma bottine. Je vous promets de ménager la vôtre. Voulez-vous ?

Robert avait écouté en caressant sa barbe. Il se leva, tendit une main à son beau-frère et de l'autre lui frappant l'épaule :

— Mon cher Adrien, il se peut qu'il y ait du vrai dans votre petit discours. Mais je suis touché surtout de l'intention qui vous l'a dicté. Je serais navré qu'un désaccord sérieux survînt entre nous. Pour être franc, si vous n'étiez pas venu me chercher ce matin, j'aurais été vous chercher ce soir. Allons déjeuner.

Ils gagnèrent ensemble le boulevard Saint-Germain. A la vue des deux hommes, les beaux yeux sombres de Mariette s'illuminèrent.

Adrien dit :

— J'ai pris Robert à l'étude.

Elle lui souffla, en l'embrassant :

— Tu es bon.

Et Adrien songea qu'il n'était pas un bon esprit, qu'il n'était peut-être même pas un bon citoyen, mais qu'il était bon, tout court. Un brevet qui en valait un autre, à tout prendre.

Bien heureux, au fond, l'auteur du *Psyché*, de se retrouver à cette table, de caresser du regard les faces pures et fraîches des deux petits, Lise et Claude, assis sur leurs grands tabourets. Pour être déterministe, on n'en est pas moins oncle. Et il se demandait si, de tous les mobiles qui le ramenaient à ce foyer, le plus puissant n'était pas son grand besoin d'intimité et de tendresse.

— Comment trouves-tu mon amie Hélène?

Sa sœur l'interpellait, radieuse. Hélène Aubret? Précisément, il y songeait, conduit, par la chaîne des pensées, au petit salon, au vivoir, où il l'avait vue le soir précédent. Depuis la veille, et bien qu'il fût préoccupé de son dissentiment avec Robert, l'image de la jeune femme avait souvent traversé son esprit. Il se recueillit un instant et répondit :

— Féminine.

— Qu'est-ce que tu entends par féminine? demanda Mariette.

Il était un peu grisé par la joie de la réconciliation. C'était fête en lui. Il dit, les yeux vagues sous le binocle :

— Ah! voilà. C'est très difficile à expliquer, car c'est un mot qui en contient d'autres, plus flous. La féminité, pour moi, c'est, au point de vue plastique, une svelte abondance, une tendre fermeté; c'est, moralement, une faiblesse courageuse, une bonté riante, une droiture flexible; c'est un charme innocent et qui pourtant veut plaire, une grâce naturelle et que l'on cultive; c'est la grande porte ouverte au sentiment et la petite porte ouverte à la raison; c'est je ne sais quoi de voluptueux prêt à devenir maternel; bref, tout ce qui, à mon sens, et à travers toutes les révolutions possibles, devrait rester, pour la femme, l'attribut et l'attrait...

— Tudieu! s'exclama Robert, voilà un joli lot. Et vous croyez que Mlle Aubret l'a gagné?

— Je ne dis pas cela. Je ne l'ai pas assez vue. Mais elle appartient au type.

Robert demanda :

— Quel âge a-t-elle?

— Vingt-cinq ans, répondit Mariette.

On touchait à la fin du repas. Tout en trempant ses doigts dans le bol d'eau tiède où flottaient des violettes, Adrien dit encore :

— Pourquoi ne se marie-t-elle pas?

Mariette répliqua presque durement :

— Parce qu'elle n'a pas le sou.

Elle respectait tout naturellement l'usage de la dot, qu'elle avait toujours vu pratiquer et vénérer autour d'elle.

— C'est vrai, réfléchit paisiblement Robert.

Et il ajouta, avec un petit remords de cette condamnation sans appel :

— Et... pas d'espérances?

— Rien du tout. Son père est dans l'Enregistrement, à Grenoble. Elles sont trois sœurs. La maison est lourde, les appointements sont minces. Et, comme la fille d'un fonctionnaire ne peut guère travailler pour gagner sa vie, du moins dans la ville où son père réside, les deux plus grandes ont quitté le nid pour chercher pâture ailleurs. L'aînée est en Angleterre. Seule la plus jeune est restée près de ses parents. Hélène peint des éventails, cherche des illustrations de volumes, en dehors de ses leçons au cours. Elle parvient à se suffire. Elle a tant de courage et de talent! Elle est si simple, si digne! Et l'honnêteté, la droiture en personne. Rien à dire sur elle. Absolument rien... Il paraît qu'elles sont nombreuses, maintenant, ces filles de fonctionnaires qui vont tenter fortune à Paris. Cela se comprend. N'ayant pas de dot, qui voulez-vous qu'elles trouvent à épouser? Un artisan, un petit employé? Elles sont trop cultivées pour s'en contenter. Elles préfèrent leur indépendance.

Robert soupira, les yeux au plafond. Évidemment, il désapprouvait ces filles de la bourgeoisie qui s'émancipaient, s'orientaient vers une vie libre, affranchie. Ces mœurs nouvelles le choquaient. Mais, fidèle au pacte, il n'en laissa rien paraître. Il se contenta de serrer sa barbe, comme on étreint une main amie quand on souffre de se contenir.

Adrien fut touché de cet effort conciliant, dont les preuves se renouvelèrent. Et, voulant le reconnaître par une discrétion semblable, il s'abstint de parler de son prochain ouvrage, bien que l'apparition en fût imminente, et bien qu'il fût plein de son sujet à déborder. Que de fois il retint sur ses lèvres, au moment de la prononcer, la phrase dangereuse qu'il s'était déjà mentalement murmurée!

C'est que, dans sa nouvelle œuvre, il ne se contentait plus d'exposer et d'adopter des doctrines établies. De faits connus, il prétendait donner une interprétation personnelle. Depuis quelque temps déjà, il concentrait ses recherches, à travers les livres et par l'expérience, sur le mécanisme du cerveau. Il s'attardait, ébloui, dans cet édifice merveilleux au seuil duquel les philosophes avaient péroré depuis tant de siècles, mais où la science n'apportait ses procédés d'investigation que depuis cinquante ans à peine.

Avide d'intéresser, de séduire et de convaincre, d'être lu et compris d'un public profane, il s'était attaqué à ce phénomène que chacun connaît, que nul n'explique, les rêves. Le livre s'appelait *Les Songes*. Grâce à l'attrait qu'exerce sur l'imagination cet étrange dédoublement de la vie pendant le sommeil, il espérait entraîner le lecteur à sa suite dans le palais mystérieux, parmi les arcanes de la pensée. Mais comment raconter, à Robert et à Mariette, ses observations, ses lectures, ses recherches directes, ses théories? Sous les mots, la thèse apparaîtrait fatalement, les froisserait sans les persuader.

Certes, Adrien ne se dissimulait pas que, pour éviter de se contraindre ou de les blesser, le plus simple eût été d'espacer ses visites comme il se l'était promis. Mais voilà... Il ne pouvait pas. Au lieu de les raréfier, il les multipliait. Depuis qu'il s'était pris de bouche avec son beau-frère, il dînait chez lui tous les soirs.

Et Adrien se connaissait trop, il avait pris depuis trop longtemps l'habitude de se regarder dant le miroir de sa conscience, pour ignorer l'attrait qui le ramenait là-bas chaque jour. Cet attrait-là s'appelait Hélène.

C'est une croyance assez répandue que les savants sont isolés du monde derrière leurs lunettes et détachés des contingences. Ces rats de laboratoire qui se penchent sur les ressorts de l'être doivent, par la nature même de leurs études, devenir insensibles au charme féminin. Grosse erreur. Il est curieux de constater que dans les plus sévères traités de psychologie expérimentale, dans les plus arides ouvrages de physiologie humaine, on découvre, au tournant d'un feuillet, une oasis délicieuse: ce sont les pages consacrées à l'amour. Elles débordent de fraîcheur ingénue, en élans exaltés. Ces biologistes sceptiques qui, au nom de la science, sapent tant de préjugés, gardent le culte de la tendresse. Sur une large place, audessus de fondations profondes, ils élèvent un monument à sa gloire.

Adrien n'avait pas de lunettes. A vrai dire, il portait binocle, mais si finement monté qu'il pouvait passer pour un ornement. Bien avant ses vingt ans, sa sœur Mariette lui prédisait déjà qu'il plairait aux femmes. En bonne méridionale qui traite légèrement des choses de l'amour, elle s'écriait devant lui : « Voilà le coq lâché, gare les poules ! »

En effet, il avait trouvé basse-cour. Non pas qu'il possédât cette audace à dents serrées, ni cette convoitise aux yeux ronds, ni cet art d'empapilloter des madrigaux dans de petits soins, ni ce ton de brutal libertinage, ni cette complexion grosse de promesses, enfin l'un de ces moyens de séduction classés qui font les amants heureux près des femmes faciles. Non. Mais il avait un sens très vif de la nature féminine, de sa fragilité, de sa délicatesse organique. De même qu'on caresse l'enfant pour sa pureté, qu'on vénère le vieillard pour son expérience, il plaignait et admirait les femmes pour leur touchante faiblesse. Dans le carnet où, depuis sa dix-huitième année, il fixait ses impressions et ses espoirs, deux mots résumaient sa clairvoyante sympathie sous une forme d'abord déconcertante : « Aimer anatomiquement ». Pour lui, c'était aimer la femme en se représentant sans cesse les fines, les frêles merveilles de son être. Devant elle, il trahissait par son attitude son respect attendri. C'était le secret inconscient de son charme et de sa séduction.

Au cours d'aventures élégantes et sans profondeur, il avait connu l'agrément des escapades à deux, dans des rez-de-chaussée très tapissés, des décors jolis de restaurant ou de campagne, et la brève communion de plaisir. Encore lui suffisait il, pour que la fête en fût gâtée, de découvrir chez sa compagne une de ces pauvretés de corps ou d'esprit qui ne se révèlent qu'à l'usage. Mais, de même que l'artiste, à travers l'ébauche irritante et rebelle, entrevoit l'œuvre achevée, pleine, égale à son rêve, Adrien concevait, au delà de ses joies imparfaites, un autre amour, plus noble, plus vrai, plus durable. Il l'espérait et le redoutait en même temps; car il sentait bien que cet amour-là le prendrait tout entier à jamais.

S'acheminait-il donc vers ce grave destin, lorsqu'il se hâtait, le soir, vers la maison de Mariette, d'une allure qui s'accélérait sans cesse, comme s'il dévalait une pente? Ce heurt violent et doux qui retentissait dans sa poitrine à la seule vue du manteau d'Hélène accroché dans l'antichambre, était-ce l'avertissement solennel, les coups frappés au rideau avant le drame? Étaient-ce les signes d'une métamorphose profonde, cette plénitude de vie, ce bien-être absolu que lui valaient la seule présence de la jeune femme, et cette impatience de la retrouver, ce regret de la perdre? Si, dès qu'elle entrait, la pièce apparaissait soudain plus large et plus haute dans une lumière plus éclatante, si elle-même semblait nimbée de clarté, parée d'invisibles bijoux qui pourtant scintillaient à chacun de ses gestes, étaient-ce autant de prodiges qui la lui désignaient entre toutes les femmes? Il ne savait pas. Il n'osait pas savoir.

Mais tout se sait. Un matin d'avril, vers les dix heures, Adrien montait chez les Roncin. Il continuait de les fréquenter. Là, au moins, il pouvait étaler ses projets, se libérer de la contrainte qu'il observait devant Robert. Là on s'intéressait tout droit à ses travaux. Sylvie lui demandait gaiement : « Comment va *la Clé des Songes?* » C'était le titre fantaisiste dont elle baptisait le prochain livre d'Adrien. Pierre Roncin l'aidait. Très estimé de l'élite savante, il avait pu réunir pour son jeune ami toute une série de rares témoignages : des homme notoires consentaient à se confesser, à raconter leurs rêves et les circonstances particulières dont ces songes étaient entourés. Contributions d'autant plus précieuses qu'elles venaient d'esprits experts à s'analyser.

Mais si Adrien restait assidu rue Linné, maintenant ses visites étaient toujours matinales. Sylvie l'avait bien remarqué. Et, mi-narquoise, mi-inquiète :

— Seriez-vous souffrant et ne sortiriez-vous plus le soir, qu'on ne vous voit jamais passé midi?

Il avait éludé la réponse. Il ne pouvait tout de même pas, si *copains* qu'ils fussent, lui avouer qu'Hélène dînait souvent chez Mariette, mais n'y déjeunait jamais.

Or, ce jour-là, tout en le conduisant vers le bureau du professeur, elle lui dit:

— Vous allez trouver papa affolé. Il vient de recevoir un *bleu* de son dessinateur ordinaire. C'est un vieux peintre, qui, depuis plus de vingt ans, lui copie des fleurs à l'aquarelle pour ses planches d'ouvrages et de démonstration. Il est grippé, ce patriarche. Et, comme il devait, aujourd'hui même, faire le portrait d'une plante rare qui décline et menace de perdre ses couleurs, vous voyez d'ici la panique ! Vous ne connaîtriez pas un artiste, vous?

— Si, j'en connais un, dit Adrien en serrant la main de Pierre Roncin.

— Bravo ! s'écria Sylvie. Il connaît tout.

— Ou plutôt, j'en connais une.

La jeune fille devint sérieuse.

— C'est une amie de Mariette, Mlle Hélène Aubret. Elle peint des éventails et fait de l'illustration. Elle est donc tout indiquée.

Il acheva de la décrire en quelques traits. Et Sylvie qui avait retrouvé son rire :

— A la bonne heure ! Vous n'avez pas eu besoin de feuilleter votre mémoire pour découvrir cette adresse-là. Le livre s'ouvre tout seul à la page.

— Vous me rendrez un vrai service en m'envoyant cette personne, dit Pierre Roncin. Car le temps presse.

— Je cours la prévenir.

Penchés sur la rampe, devant leur porte, le professeur et sa fille suivaient du regard Adrien, qui s'enfonçait en tournoyant dans l'escalier.

— Il va vite, nota Pierre Roncin, satisfait.

— Je crois bien, répliqua la jeune fille. Il

fait du même coup trois heureux: toi, elle et lui.

Et elle rentra précipitamment.

Une voiture conduisit Adrien rue de Grenelle. Il connaissait l'adresse d'Hélène Aubret, pour avoir quelquefois reconduit la jeune femme jusqu'à sa porte, le soir, en compagnie de Robert. Elle habitait une maison ancienne, à grande porte noire, à façade plate et simple, presque au coin de la rue de la Chaise. Il était à peine onze heures. Pas très correcte, cette visite... Mais comment l'éviter? Pierre Roncin en convenait lui-même; le temps pressait. Bah! Il s'acquitterait vivement de son message, sans entrer. Et, ses scrupules apaisés, il s'abandonnait, avec une joie secrète, au destin qui l'entraînait vers Hélène.

Elle ouvrit elle-même, avec une exclamation surprise. Dès le seuil, il voulut excuser sa présence. Mais elle s'effaçait et, presque sans l'écouter :

— Entrez donc, entrez donc.

Il dut la suivre dans l'antichambre obscure, puis dans une pièce de travail, claire et demi-nue. Des moulages, des dessins, quelques toiles pendaient aux murs. Comme meuble, un cartonnier de chêne, un chevalet et, devant la fenêtre voilée à mi-hauteur d'un store ajouré, une table à planche déclive. La vue s'étendait sur des jardins, plantés au revers d'hôtels vénérables.

Chez elle. Il était chez elle. La jeune femme lui indiquait un siège. Elle était enveloppée d'un peignoir de grosse laine, d'un bleu sombre. Une cordelière lui serrait la taille. Les masses lourdes de ses cheveux la coiffaient d'un épais bonnet de fourrure blonde. Ses yeux et ses lèvres brillaient, dans la blancheur chaude de son teint. « Qu'elle est jolie!... » pensa-t-il. Et aussitôt, il expliqua l'offre de Pierre Roncin. Elle l'accepta avec de grands remerciements et promit d'aller voir le professeur l'après-midi même.

Il se leva à regret. Hélas! la commission était faite. Il n'avait plus prétexte à s'attarder. Cependant, il avisa le dessin étendu sur le pupitre, un éventail à personnages, dans la manière du dix-huitième siècle.

— Vous travailliez?

— Oui, dit-elle. C'est du vieux neuf. Vous voyez, on peint sur une peau très fine que les éventaillistes nous livrent tout apprêtée. Savez-vous comment ils obtiennent ce ton jauni, qui veut imiter la patine du temps? Avec une décoction de café très léger.

— A qui se fier! railla Adrien.

Il ne pouvait pas se décider à partir. Une sorte de langueur le paralysait, que son souci de discrétion ne parvenait pas à vaincre. Il trouva encore :

— Je vais vous laisser l'adresse de Pierre Roncin.

Il s'accouda, pour écrire, au marbre de la cheminée. Des photographies garnissaient la tablette, d'autres grimpaient le long du cadre de la glace. C'étaient des épreuves d'amateur, aux poses ingénieuses, sans raideur convenue. Dans un groupe de trois fillettes qui s'appuyaient à leur cerceau, sur un fond de lilas en fleurs, il reconnut Hélène :

— C'est vous?

— Oui. Mon père est passionné de photographie. Il nous a clichées, mes sœurs et moi, à toutes les époques de notre vie.

Il la cherchait, la découvrait, avec de petits cris ravis, à travers la foule des portraits.

— J'en ai encore une pleine boîte, dit-elle.

— Oh! faites voir!

Elle lui obéit. Toutes ces Hélènes! Des petites Hélènes de quelques semaines, de quelques mois, des poupons indécis, adorables, des bébés dont la courte chemise découvre les bras ronds et frais; des Hélènes qui risquent leur premier pas, regard fixe et poings serrés. Même une pauvre Hélène de sept ans que son rire révèle brèche-dents. Ah! elle s'est bien rattrapée, depuis! Hélènes coiffées en franges, Hélènes coiffées en bandeaux, Hélènes en manchon, Hélènes en chapeau, et qu'on avait envie d'embrasser toutes... Peu à peu, les cheveux foisonnent, la taille s'amincit, la robe s'allonge. On voit la fillette croître, éclore. Les traits se précisent, le petit nez s'affine, l'arc des lèvres se tend, l'œil se vernit d'un éclat humide entre les cils frisés... Seul, le menton, comme un témoin du premier âge, garde une pureté enfantine.

Ému, recueilli, Adrien contemplait lentement ces visages. La jeune femme, tout contre lui, soulignait chaque portrait d'un mot, d'une anecdote. La chaleur subtile de son corps rayonnait à travers l'étoffe. Il la sentait à son épaule. Il en pensait défaillir. De départ, il n'était plus question.

Elle disait : « Ici c'est à Sens, où je suis née. — Là, j'avais quinze ans. Saint-Étienne. — Ma première robe de bal, à Châteauroux. » Et il la suivait, la voyait, errante, à travers la France. Il s'écria :

— Voilà vraiment une chose neuve et charmante. Nos parents n'auraient pas pu réunir des images aussi nombreuses d'eux-mêmes depuis leur enfance, car on ne les photographiait encore qu'aux grandes occasions. Vous devez être une des premières au monde à posséder une collection pareille. Toute votre vie se déroule sous vos yeux.

Elle dit :

— Oh ! j'ai aussi l'album de famille !

Lorsqu'elle l'eut ouvert à la première page :

— Mon père, prononça t-elle gravement.

Il vit une de ces figures fines et sensuelles qui rappellent par la coupe générale les portraits de François Ier.

— Pauvre papa, dit-elle. Il n'est guère enthousiaste de son métier. Il s'en évade dans de petites distractions à côté, comme sa chère photographie. Il est vrai que plus il monte en grade, plus il a de loisir.

Puis, lui montrant une tête de femme, d'une bonté placide et pensive : « Ma mère. » Il cherchait sur ces deux visages les traits qu'Hélène leur avait empruntés. Il murmura :

— Maintenant, il me semble que je vous ai toujours connue...

Elle fermait l'album. Il dut enfin prendre congé. Ils se serrèrent les mains un peu longuement, en se souriant, sans paroles.

Dehors, il partit à l'aventure. Il remarqua qu'on voyait le ciel entre les deux files de toits, un ciel blond, léger, un vélum de soie, traversé de soleil. Un jeune garçon boucher, la cigarette collée et pendante à la lèvre, la manne sur la tête et les yeux baissés sur son journal, le heurta de son panier. Adrien l'excusa avec bienveillance. Toutes les figures,

toutes les maisons étaient avenantes. Soudain, il se trouva sur le pont des Saints-Pères. Lui, si prompt d'ordinaire à se recueillir, à se replier sur soi-même, ne parvenait pas à se rassembler. Il était épars, il était partout. Il peuplait le monde. Mais il était sûr d'un grand bonheur. Il en attesta les jardins en terrasses et les palais riverains, qui se paraient d'un air de fête. Certainement si, du Louvre à Notre-Dame, tant d'illustres façades poussaient depuis huit siècles sur les bords du fleuve, c'était pour témoigner, par leur splendeur vénérable, qu'Adrien Delcambre venait de passer l'heure la plus exquise de sa vie, à feuilleter des petits portraits.

La première fois qu'il rencontra Sylvie Roncin, elle s'écria :

— Eh bien... Je l'ai vue !

Il aurait pu feindre de chercher. Il dit tout droit :

— Mlle Aubret ?

— Parbleu !... Oui. Elle s'est entendue avec mon père. Tenez, elle était assise dans le fauteuil où vous êtes.

Dans le cabinet de travail, en l'absence du professeur, Sylvie rédigeait des notes au bureau. Elle poursuivit :

— Elle est délicieuse.

Et lui, avec une vivacité ingénue :

— N'est-ce pas ?

Il ajouta, après un temps :

— Vous avez pu causer avec elle ?

— Oh ! Nous avons échangé quelques phrases. Elle m'a paru assez réservée. Elle n'est pas bavarde ?

— Vous l'avez cru. C'est parce qu'elle a dit exactement ce qu'il y avait à dire. Elle prononce les mots qu'on espère. De même qu'on chante juste, elle parle juste.

Sylvie souhaita en riant :

— Espérons, pour les fleurs de papa, qu'elle voit juste.

Il affirma :

— Oui, car elle est harmonieuse en toute sa personne. Avez-vous remarqué ? Sous quelque angle que l'on regarde son visage, tous les petits modelés, toutes les petites courbes en silhouette se raccordent, s'épousent, se fondent.

Il sculptait le vide, en gestes sinueux, le pouce froissant l'index. Mais un remords l'effleura. Était-ce bien charitable, d'exalter la grâce d'une femme devant cette jeune fille qui se savait sans beauté? Bah! Elle était à cent lieues de pareils soucis. Un vrai garçon. Il la traitait en camarade, en ami. Même l'ami le plus fin, le plus délicat, le plus rare, le confident unique. Un compagnon de plaisir eût salué ces louanges enthousiastes d'un clignement d'œil grivois, d'une saillie équivoque. Elle seule pouvait comprendre de quelle pure ferveur il était animé. Il reprit :

— Il y a en elle je ne sais quoi de paisible, de frais et de scintillant... C'est comme une belle onde qui s'épanche dans la lumière, d'une coulée pleine...

Sylvie se taisait. Il poursuivit :

— Et puis son esprit ressemble à son visage, frais et riant. Ainsi, un jour, j'expliquais devant elle que chaque cerveau humain renferme plus de six cents millions de cellules. Elle s'est écriée, avec une modestie comique : « Même le mien? » N'est-ce pas charmant?

Elle dit, les yeux amincis de malice :

— Bref, c'est votre type?

Il répondit avec une simplicité grave :

— Elle me plaît. A quoi bon le cacher?

— Ce serait tellement inutile !

Il s'étonna, les sourcils hauts. Elle reprit :

— Mais c'est aveuglant, mon pauvre ami. Tenez, l'autre jour, quand vous avez couru la prévenir, rien qu'à vous voir descendre l'escalier : un tourbillon, le Mælstrom... Vous ne savez pas dissimuler. Elle non plus, d'ailleurs...

Il l'interrompit vivement :

— Comment?

— Oh! elle n'a pas besoin de parler beaucoup! Quand elle a dit : « Monsieur Adrien »... Ça vaut tout un discours. On est fixé.

Il voulut prendre un ton désinvolte. Mais il sentait qu'un rictus lui tirait la lèvre, sous la moustache :

— Alors, vous êtes plus avancée que moi.

— C'est possible... Il y a deux cas où les hommes ne voient pas qu'ils plaisent : quand ils s'en soucient passionnément, ou quand ils ne s'en soucient pas du tout.

Il se leva, soulevé d'un espoir joyeux. Il avait confiance dans le jugement averti de la jeune fille. Peut-être avait-elle vu clair. Mais il n'osa pas la presser plus. Il partit. Selon sa coutume, elle s'appuyait à la rampe du palier. Il ne se retourna pas. S'il avait levé la tête, il aurait vu combien la douleur et la mélancolie peuvent empreindre la disgrâce de beauté.

Le nouveau livre d'Adrien parut. Il réussit. Cette fois, il est vrai, le terrain était bien préparé. Depuis son premier essai, le jeune écrivain avait publié quelques études dans ces volumineuses revues qu'il est de bon ton d'avoir au moins sur sa table. Ces articles où la substance scientifique, sans être dénaturée, était servie en émulsion légère, avaient plu par leur saveur neuve. Sans doute ces proses lui avaient-elles rallié quelques sympathies attentives à sa prochaine œuvre. Puis le titre : les *Songes*, promettait. Le sujet piquait la curiosité. Quoi qu'il en fût, Adrien sentit le lourd et mystérieux frémissement du succès.

Des lettres d'inconnus lui parvinrent. Ah! ces lettres à l'auteur... il faut songer à toutes celles qu'on se promet d'écrire et qu'on n'écrit pas, à l'inertie qu'il a fallu vaincre pour les réaliser, à tout l'effort qu'elles ont coûté, pour comprendre comme elles sont douces à celui qui les reçoit. Adrien recueillit d'autres gages favorables : la critique cessa d'être unanimement bienveillante. Des savants lui reprochèrent d'écrire pour les gens du monde. Des camarades ne lui celèrent pas que des profanes, alléchés par le titre du livre, l'avaient trouvé dur, très dur à lire. Ces jugements contradictoires ne troublèrent point Adrien. On le discutait, donc il existait. L'injustice est le premier signe du succès. Un nouveau tirage, devenu nécessaire, l'affermit dans cette opinion.

En somme, la renommée le conviait à son festin. Elle lui servait son menu varié; des plats flattent le palais, d'autres ont un arrière-goût d'amertume ou sont lourds à digérer.

Quelques mois plus tôt, son jeune appétit de gloire s'en fût avidement satisfait. Aujourd'hui, il mangeait du bout des dents. Car il était seul à table. Il voyait une place vide près de lui...

Que n'avait-il Hélène à ses côtés, lorsqu'il ouvrait, avec une brève angoisse, l'enveloppe envoyée par les soins d'une agence et qui contenait les coupures des articles publiés sur son livre? D'un mot coulé de ses lèvres fraîches, d'une caresse légère, elle eût effacé la piqûre d'amour-propre, comme on effleure d'un baiser la place où l'enfant s'est meurtri : « Là, c'est fini, il n'y a plus rien. » Et les louanges, les chères louanges, ne doivent-elles pas doubler de prix, quand on les savoure à deux? Et cette petite moisson de lettres, ces pensées d'inconnus lui seraient devenues plus précieuses, s'il avait pu les lui offrir en hommage, en bouquet. Jusqu'à cette fameuse réimpression... « On retire ! » Vainement le proclamait-il dans la solitude du logis. Le cri n'avait pas d'écho. A quoi bon la victoire, quand on n'a personne à qui rapporter les trophées et le butin? Ah ! comme toutes ces joies ingénues de la vogue naissante eussent brillé plus vives si, au lieu de rester en lui, elles s'étaient reflétées sur le visage adoré d'une compagne, le visage d'Hélène !

Car elle seule pouvait être la compagne, l'épouse... Maintenant, il savait. D'abord, l'idée avait germé en lui, nébuleuse, flottante, presque du premier soir où il avait vu Hélène. Puis, par un lent travail, dans les profondeurs mystérieuses de l'être, peu à peu, elle devenait plus dense, plus précise, plus importante. Elle s'affirmait, par bonds subits, comme ce jour où il avait vu la jeune femme chez elle, cet autre où il s'était confié à Sylvie Roncin... Enfin, dans un embâcle définitif, elle s'était prise en masse, en un bloc d'une dureté de métal, et qui l'occupait tout entier. L'épouse, la compagne, ce serait Hélène. Maintenant, il le sentait, il le savait.

Il avait besoin d'elle. Elle lui était nécessaire comme l'air, l'eau, le pain. Il ne s'apaiserait qu'en elle. Il avait pour elle une affinité invincible. Pas une parcelle de lui qui ne tendît vers elle. S'il avait pu peindre, sculpter, animer un être et donner ainsi une forme vivante à son rêve, il aurait réalisé Hélène. Elle lui apparaissait comme la source d'inépuisables délices. Elle était la promesse du bonheur.

En lui, rien ne se rébellait contre une telle union. A ses yeux, la différence de fortune et de milieu social ne comptait pas. De l'aveu même de sa sœur, Hélène était honnête; elle était chaste. Qu'importait le reste ! Autour de lui, certes, il heurterait des obstacles. Dès le premier moment, aussi, il les avait entrevus. Robert, Mariette, ceux-là mêmes auxquels il devait de connaître la jeune femme, désavoueraient une alliance qui froisserait leurs préjugés ou décevrait leur ambition. Déjà, depuis quelques années, ils cherchaient à le marier selon leurs vues. Mais quoi? Ils ne pouvaient rien contre lui. Ils ne le tenaient pas en leur dépendance. Et quant à ses parents, ils avaient l'esprit trop large et trop libre, ils avaient trop à se louer d'avoir vaincu eux-mêmes, au temps de leurs fiançailles, d'aveugles résistances, pour ne pas applaudir à son choix.

Ferme, lucide, ardent, il marchait au but, d'une allure inflexible et puissante de machine sur le rail. Et rien ne pourrait plus l'arrêter, rien, sauf un geste frêle, le signe qui dit « non », un refus d'Hélène.

Le repousserait-elle? Là, il ne savait plus. Mais non. C'eût été trop cruel : ce n'était pas possible. Il rappela, ramassa comme une poudre impalpable tous les souvenirs ténus de ces rencontres sous l'œil de Robert et de Mariette. Il ne l'avait vue seule qu'une heure, chez elle, ce clair, ce bleu matin d'avril. Jamais il ne l'avait pressentie. Il répugnait au jeu fade et louche des soupirs, des allusions, des regards qui pèsent, des mains qui insistent, du genou qui s'égare, du pied qui cherche. Non. Il l'écoutait, il la contemplait, il l'admirait toute, silencieusement. De son côté, consciente de sa place et de son rôle dans cette maison, elle observait une dignité simple, naturelle, sans coquetterie. Pourtant, par les mille contacts de la causerie, ils se savaient d'accord en pensée. Était-ce l'espoir, était-ce l'instinct? Une voix lui soufflait que leur affinité ne se bornait pas à leur esprit, qu'elle s'étendait à toute leur nature, à tout eux-mêmes. D'ailleurs, dès qu'elle ne se sentait plus sous le regard de Robert et de Mariette, dès qu'elle croyait parler à des indifférents, ne se trahissait-elle pas? Sylvie Roncin ne s'y était pas trompée.

Mais cette contrainte, ce doute étouffants avaient assez duré. Il parlerait. Tout l'incitait à se hâter. On complotait de le marier. Comme tous les célibataires à partir de leur vingt-cinquième année, il se sentait enveloppé, cerné, bloqué, par la conjuration matrimoniale. On le lardait d'allusions, on l'accablait d'offres avantageuses, inespérées. Sa sœur surtout devenait pressante. Elle tenait en réserve des fiancées par douzaines, et tout en or. Il refusait de les voir. Elle s'en dépitait. Et, sans l'aveugle engouement d'une amitié neuve encore, sans l'extrême réserve des deux jeunes gens, Mariette eût déjà découvert en Hélène le véritable obstacle à ses projets...

Puis juillet approchait; chacun, autour de lui, prendrait sa volée, Mariette vers son cher Valescure, Hélène vers sa famille. Il ne la laisserait pas s'échapper ainsi, sans savoir s'il était aimé. Non, non, il ne pourrait jamais attendre le retour à Paris. Il parlerait donc. Il s'expliquerait tout droit devant elle. Fi des vains protocoles, des demandes officielles entre parents ! Puisqu'elle s'était taillé une vie libre, puisqu'elle s'était si courageusement placée au-dessus des conventions, elle ne s'offenserait pas qu'il s'en affranchît à son tour. La prochaine fois qu'il la rencontrerait chez Mariette, il lui demanderait la permission d'aller la voir chez elle.

Cette prochaine fois-là, justement, Robert était absent. Voyages d'affaires. Ah ! si Adrien n'avait pas craint la tendresse ambitieuse et jalouse de Mariette, comme elle lui eût été douce, cette intimité d'après dîner, dans le « vivoir », entre ces deux femmes, l'une qui lui souhaitait passionnément le bonheur, l'autre qui seule était capable de le lui donner !... Quelle jolie occasion de se confesser pleinement !... Mais non. Il ne pouvait pas se

livrer. Il se fût perdu. Il lui fallait, avec chacune d'elles, le tête-à-tête. Et, la pensée bruissante et pleine, il ne devait prononcer que des mots froids, plats, minces, monnaie courante et banale, pièces de billon qu'on sort d'une tirelire.

La fenêtre était ouverte sur le déclin du jour d'été. Elle dominait les frondaisons arrondies des marronniers, qui fuyaient en longues files serrées, aux deux côtés du boulevard Saint-Germain, comme les bords touffus d'une rivière. De rares points de feu s'allumaient par la ville poudreuse, d'un éclat amorti d'étoiles dans le couchant.

Adrien s'accouda. Il disait :

— Voilà la nuit, les lumières.

Et il aurait voulu dire à Hélène : « Il me semble que j'ai sans cesse une flamme devant les yeux; je ne vois qu'elle, elle m'éblouit; elle me cache le monde et m'éclaire le visage. »

Il aurait voulu dire à Hélène : « Tout n'est plus pour moi qu'un prétexte à me souvenir de vous. Tout ce que mes sens récoltent, butinent, ils vous le rapportent Avez-vous déjà vu les abeilles essaimer? Moi, souvent, à Valescure. D'abord elles sont sont éparses dans l'air chantant, et rayent le ciel de leur vol. Puis soudain, elles choisissent un but. Elles se précipitent de tout l'espace. Et bientôt elles ne forment plus qu'une masse d'or brun, frémissante. Ainsi de mes pensées : où qu'elles voltigent, de toutes parts elles se hâtent et se réunissent autour de vous. » Et il disait :

— Les marronniers ont déjà des feuilles mortes.

Puis il rôda par la pièce, désorienté, guettant la minute favorable pour parler à Hélène, lui demander un rendez-vous, et tremblant de ne pas la trouver. Soudain, dans une pile de volumes posés sur une tablette, il découvrit son propre livre : *Les Songes*. Les yeux d'auteur sont plus perçants que des yeux de père. Il restait stupéfait. Jamais il ne l'avait apporté. Jamais il n'en parlait. Il le prit et s'assura aussitôt que les pages en étaient coupées. On l'avait lu. Il interrogea sa sœur du regard.

Elle avoua, en belle humeur :

— Eh bien, oui. C'était trop bête, à la fin, d'en lire des analyses et des extraits dans les journaux, dans les revues, et de ne pas le connaître. Alors, bravement, je l'ai acheté, sans le dire à Robert. Et le joli, c'est qu'il en avait fait autant de son côté.

— C'est donc cela, que l'édition s'enlève, s'écria gaiement Adrien.

Allégé, détendu, il comprit qu'au bruissement du succès, l'orgueil fraternel l'avait emporté, chez Mariette, sur les rancunes de la foi. Elle ajouta :

— Je l'ai même prêté à Hélène.

Étourdi de surprise joyeuse :

— Et vous avez tout lu? demanda-t-il à la jeune femme.

Elle répondit, la tête inclinée, une lueur malicieuse au coin des lèvres et des yeux :

— Je crois même que j'ai tout compris.

Il fut prêt d'ajouter : « Et tout admis, n'est-ce pas? » tant il se sentait certain de leur entente. Mais il se tut, craignant de lui nuire dans l'esprit de Mariette. Et, se tournant vers sa sœur :

— Eh bien, ce n'est pas si terrible?

Elle hocha sa petite tête nette et ferme :

— Oh! c'est très intéressant! Seulement, moi, vois-tu, je ne changerai plus. Jamais je ne pourrai admettre toutes ces idées-là.

Il insista :

— Mais encore, quelles idées?

Un grand désir le soulevait de poursuivre son avantage, de la persuader tendrement. L'heure était favorable. La présence d'Hélène le stimulait. L'absence de Robert enlèverait au débat son caractère irritant. Ils se retrouvaient, Mariette et lui, vraiment frère et sœur, comme au temps de Valescure, cœur à cœur.

Elle répondit :

— Quelles idées? Mais celles dont tu as besoin pour expliquer ta théorie des rêves... Ces fibres, ces cellules, ces neurones, comme tu dis, tout ce mécanisme qui fait de notre pauvre cervelle une sorte de bureau central de télégraphe ou de téléphone... Ah! non, décidément...

Il répliqua doucement, conscient d'une tâche ingrate :

— Cependant, ces cellules, je pourrais te les montrer au microscope. Ces filets nerveux, ils existent. Leur rôle est connu. On sait où ils transportent nos sensations, où elles se localisent. On sait dans quelle zone nous en prenons conscience. Ce sont des faits d'expérience.

Elle rêva un instant :

— Je ne dis pas... je ne dis pas.

Puis, plus ardente :

— Mais tu ne parviendras pas à me prouver — bien que ce soit ta conviction, on le sent à chaque page — que nous sommes uniquement cette triste machine, marchant cahincaha, au gré des forces qui la tiraillent. Tu ne me démontreras jamais que nous n'avons pas une volonté, que nous ne sommes pas, à chaque moment, libres de choisir entre le bien et le mal.

— Pourtant, commença-t-il...

— Tu ne me démontreras jamais que je ne fais pas acte de volonté quand je refrène un mouvement de violence, un mot méchant, enfin quand je m'améliore, quand je me dompte...

— Mais si tu refrènes ta violence, répliqua-t-il, c'est qu'en toi la voix de la prudence et de la pitié a été plus forte que cette violence même. C'est à elle que tu as obéi, quand tu as eu l'illusion de te refréner. Et, d'une façon générale, quand tu te domptes, quand tu t'améliores, c'est que tu trouves en toi des instincts, des forces, qui te poussent dans la voie où tu crois librement t'engager.

— Prouve-le donc, dit-elle.

Il soupira. Comment, en effet, lui résumer en quelques phrases les travaux de tous ces philosophes modernes, qui, depuis cinquante ans, traitant enfin la psychologie comme une science, ont nié l'existence du libre arbitre? Comment la convaincre, renverser soudainement sa foi? Lui, s'était toujours nourri de ces doctrines. Elles lui paraissaient faciles à saisir. Mais elle... rien ne l'y préparait. Tout l'en éloignait. Un moment, il fut tenté de l'intéresser par un symbole, de lui montrer la sphère mentale comme un véritable parlement, où les instincts se groupent, délibèrent, expriment enfin, par un vote décisif, la volonté de l'organisme tout entier. Il songea à lui montrer que, même dans notre langue usuelle, les mots trahissent ce travail intérieur : on pèse le pour et le contre, on balance, on se résoud, on se détermine. Il y renonça. A ces tournants de discussion, il se sentait las, découragé comme devant une tâche démesurée. Il lui semblait qu'on lui donnait à soulever la terre. Il aurait fallu reprendre devant Mariette, raison à raison, fait à fait, toute cette théorie du déterminisme dont il était pénétré, dont les preuves en foule lui montaient aux lèvres. A quoi bon ? Puisque ces preuves, succinctement évoquées au cours de son livre, avaient glissé sur elle.

Il était assis près de sa sœur, sur un tabouret bas. Décidément en veine d'indulgence, elle dit, lui effleurant les cheveux d'une main légère :

— Non, tu sais, l'irresponsabilité pour tous, là-dessus, nous ne serons jamais d'accord, nous deux. Et Robert, devine comment il t'appelle, depuis qu'il a lu ton livre ? *Ce n'est pas sa faute !*

— Le surnom est un peu long, dit Adrien en souriant. Mais je l'accepte. C'est bien ma devise. Et je t'assure qu'elle en vaut une autre. Car voilà votre erreur ; on ne la hurlera jamais assez haut : c'est de croire que cette formule ne puisse pas servir de règle de vie, ne puisse pas être la base d'une morale. Penser fortement que ce n'est pas plus la faute d'un homme s'il est irascible que s'il est phtisique, regarder les vices, les travers, enfin toutes les tares de l'esprit, du même œil que les tares du corps, les accueillir avec la même pitié, comment ne sens-tu pas, toi, petite sœur, toi si généreuse, ce qu'une telle conception entraîne fatalement de mansuétude, de patience, et comme elle est vraiment large et charitable !

— Chimères ! Et comme ce serait décourageant, si c'était vrai ! Alors, plus de sanction à nos actes ? Voyons, Adrien, ce serait la fin de tout.

— Ce serait le commencement d'autre chose ! Par exemple, si nos instincts nous dirigent, c'est à nous à améliorer les bons, à réduire les mauvais. Il y a là tout un entraînement, toute une orthopédie à pratiquer. De même que nous fortifions un muscle malingre par l'exercice, nous pouvons développer un instinct faible par l'éducation. Au contraire, quelle vue féconde ! Traiter les maladies morales comme les maladies physiques, cela signifie aussi les soigner, remonter à leurs causes, — ce qu'on n'a jamais fait, — essayer de les guérir. Cela signifie aussi se défendre contre elles. Où vous dites coupable, nous disons nuisible. C'est la même sauvegarde, avec plus d'indulgence et sans l'idée sombre de vindicte. Évidemment, l'heure n'est pas venue où une telle maxime : « Ce n'est pas sa faute », inspirera les lois. Mais dès maintenant, je te le répète, pour qui en est fermement convaincu, saturé, elle est, en toute circonstance, devant soi et devant les autres, à tout instant, le guide sûr et juste...

Elle interrogea, incrédule et curieuse :

— Alors toi ?

— Moi ? Mais certainement, j'essaye de conformer mes actes à mes doctrines. En veux-tu une preuve entre mille ? Il y a six mois, dans cette même pièce, ton mari n'a-t-il pas mis carrément en doute ma bonne foi ? Si je ne lui en ai pas tenu rigueur, si — d'un mouvement dont tu m'as su gré — je suis revenu à lui, c'est que je suis descendu en moi, et que j'ai précisément appliqué à son injuste boutade le fameux : « Ce n'est pas sa faute ». Et, tiens, cela me rappelle un autre trait. Ce soir-là j'ai fait allusion, d'une façon assez déplacée, je l'ai reconnu, à une maladie possible de tes enfants...

Mariette le menaça du doigt :

— Ah ! ah ! tu as donc aussi tes moments de colère.

— Je n'ai pas dit que je supprimais mes défauts, mais que j'endurais mieux ceux des autres. Je reviens à mon exemple. Il y a quelque temps, ta petite Lise, si douce d'ordinaire, est devenue maussade, rétive, bref insupportable. Tu l'as punie. Je crois même que tu l'as un peu claquée. Trois jours après, elle s'alitait avec une rougeole légère. Eh bien, n'as-tu pas compris qu'elle couvait déjà son mal, quand elle changeait d'humeur, et que ce n'était pas sa faute? Avoue donc que tu as eu un petit remords de l'avoir grondée...

Mariette eut un geste évasif :

— Ils ne couvent pas la rougeole chaque fois qu'ils sont assommants !

Adrien répliqua :

— C'est qu'ils couvent autre chose. Leur humeur est toujours fonction de leur santé. Moi, qui assistais à cette petite scène, je n'ai rien dit, pour éviter tout froissement. Mais j'étais intimement persuadé que cette fillette souffrait déjà d'un malaise encore caché. A tel point, que si j'avais été le père ou la mère, j'aurais certainement puisé dans ma conviction la force d'endurer les caprices de cette petite, sans la punir.

A quoi Mariette, assez sèchement cette fois :

— Eh bien, mon cher, quand tu auras des enfants, nous verrons comment tu les élèveras. Seulement, tu feras bien de te dépêcher. Car, au train dont tu vas, tu n'es pas près de te marier.

Il eut pour Hélène un regard furtif et tendre :

— Qui sait?

Ah ! ce « qui sait? » porté par ce regard, ce « qui sait? » si gros d'espoir, mais si maladroit, Adrien aurait bien voulu le rattraper. Trop tard ! Peut-être Mariette, le suivant au vol, en avait-elle pénétré l'intention et discerné le but. En tout cas, elle n'en laissa rien voir. Quand Hélène prit congé, elle lui dit, câline, en lui retenant les mains :

— Ma chérie, venez donc déjeuner avec moi demain. Mes hommes me laissent toute seule. Adrien est invité chez ses Roncin. Et mon mari ne sera pas rentré. Vous me rendrez service.

Mais elle vit que son frère s'apprêtait à partir. Assombrie soudain :

— Tu descends aussi?

— Oui; je vais accompagner M‌lle Aubret, si elle le permet.

Scrutant Mariette d'un rapide regard, Hélène s'écria :

— Mais non, mais non. Je vous en prie. Ce n'est pas la peine. J'habite à deux pas.

Juste la longueur de la rue Saint-Guillaume.

Résolu à se ménager un court tête-à-tête, Adrien passa outre. Il mit un baiser au front de sa sœur et prit la porte.

Dehors, c'était le soir apaisé, la détente des chaudes journées de juillet. Très ému, il biaisa :

— J'ai bien dû vous ennuyer, avec cette discussion...

Elle l'interrompit :

— Pourquoi dites-vous cela? Parce que je n'y ai pas pris part? Cela ne m'est guère possible. Votre sœur a toujours été très bonne pour moi. Mais elle est un peu autoritaire. Et je ne pourrais pas, comme vous, me permettre de la heurter de front !...

Il s'écria, joyeux :

— Vous auriez donc été contre elle, avec moi?

— Oh ! je ne vous aurais suivi que de loin ! Je n'ai pas réfléchi longuement à vos doctrines. Je ne suis pas armée pour les discuter. Mais je me sens, en effet, plus de votre parti que du sien. Mon père n'a jamais parlé devant moi de religion. Ma mère n'est pratiquante que par habitude et par tradition; et, comme elle est douce et faible, elle ne m'a jamais reproché mon indifférence. Je me suis forgé une croyance pour moi toute seule. Je comprends qu'on ait besoin de prier, quand on a un très grand chagrin ou une très grande joie. Mais je ne peux imaginer une divinité qui tiendrait notre destinée dans sa main et qui serait assez cruelle pour nous laisser néanmoins nous débattre entre le bien et le mal, comme un enfant qui, guidant un insecte du bout d'une baguette, le laisserait se noyer. Non, je la vois à la fois aveugle et bonne comme la nature. Ainsi, rien en moi ne se révolte contre vos théories. Et, au contraire, elles me séduisent parce qu'elles sont clémentes...

Elle s'arrêtait devant sa porte. Déjà ! C'était à croire qu'on avait raccourci la rue Saint-Guillaume. Hélène allait sonner. Adrien se découvrit et, retenant la main que lui tendait la jeune femme :

— Si vous saviez comme je suis heureux de sentir en vous une alliée... Je vais vous paraître très ridicule... Ce n'est ni l'endroit ni le moment... Mais, cette sorte d'accord, de pa-

renté d'esprit, si ce pouvait être le présage...
si vous vouliez me laisser l'espoir d'une
union plus étroite, plus... Je vous disais bien
que je serais ridicule... enfin si vous vouliez
être ma femme...

Elle exhala seulement ce: «Ah!» presque
douloureux que le choc d'une intense et brusque émotion arrache aux profondeurs de
l'être.

Il reprit très vite, les mains en avant:

— Ne me répondez pas, ne me répondez pas.
Je comprends bien, vous n'êtes pas préparée.
Je vous ai dit cela si brusquement. Moi, voilà
des semaines et des semaines que je ne cesse
pas d'y penser. Vous, vous n'y songiez peut-
être pas. Réfléchissez. Mais, permettez-moi
seulement d'aller vous voir un matin, comme
ce jour où Pierre Roncin m'envoyait vers
vous. Vous consentez? Oui, n'est-ce pas? Oh!
merci!... Là, rentrez, maintenant, rentrez,
je vous laisse...

Et il s'enfuit. Dans le silence de la rue, il
entendit la porte avec un claquement sonore,
qui retentit en lui.

— Eh bien, chère petite, vous n'avez pas
fait de mauvaises rencontres, tous les deux,
hier soir?

Dans sa chambre, avant le déjeuner, Mariette achevait sa toilette devant Hélène.
Entre amies intimes, à quoi bon se gêner?

— Aucune.

— Pauvre Adrien! Il n'arrivera pas à me
convaincre. Mais je l'admire tout de même.
Quelquefois, Robert se moque de mon enthousiasme pour mon frère. Il a tort. Ce gaillard-là
parviendra où il voudra. Vous avez vu le
succès de son dernier livre? Les femmes du
monde elles-mêmes l'ont lu. Et ça, vous savez,
c'est le vrai signe de la gloire.

Mariette passait ses bagues à ses doigts. Elle
les contempla, soupirant:

— Il ne lui manque plus que de s'établir,
de trouver une femme dans son milieu, une
femme qui lui apporte en relations, en fortune,
l'équivalent de ce qu'il a lui-même. Car, dans
sa position, Adrien peut et doit faire un très
beau mariage, n'est-ce pas?

— Évidemment, dit Hélène.

Mais elle n'en paraissait sans doute pas assez
convaincue, car Mariette — qui fixait une
broche à son col devant la glace, le menton
haut — Mariette se tourna vers son amie:

— Je vous choque peut-être? Vous me
trouvez un peu étroite d'idées là-dessus, un
peu âpre. Que voulez-vous, ma pauvre petite,
il faut voir la vie comme elle est. Il est vrai que
je ne connais pas la façon de penser d'Adrien
à ce sujet. Mais il est certain que, pour lui,
épouser une fille sans dot, ce serait non seulement la médiocrité, mais la faillite de sa
carrière.

Cette fois, Hélène ne put cacher un sursaut. Se cabrait-elle de révolte, ou de douleur?
S'insurgeait-elle simplement contre une opinion qu'elle ne partageait pas ou, tenant ces
paroles pour justes, en souffrait-elle d'autant
plus? En tout cas, Mariette aimait qu'on
parût vite et pleinement de son avis. Elle
resta persuasive, affectueuse; cependant, ses
beaux yeux brûlèrent d'un feu sombre. Et,
tout en polissant ses ongles:

— C'est évident. Réfléchissez. Pour un cé-
libataire, Adrien a de l'aisance. Elle lui assure
la liberté et surtout lui permet de poursuivre
ses travaux à sa guise. Mais, s'il devait, sur
ces seules ressources, faire vivre une femme et
des enfants, il serait bien vite obligé, même
avec un train modeste, d'abandonner ses
études, ses recherches, pour une besogne
plus lucrative. C'en serait fini à jamais de son
indépendance et de sa notoriété. Et, si généreux qu'il soit, je ne lui donne pas longtemps
pour maudire secrètement la malheureuse
qui lui aurait gâché sa vie!

Mariette aimait bien Hélène. Mais elle
aimait encore plus son frère. Elle voulait
pour lui l'avenir glorieux, la voie triomphale.
Malheur à qui l'entraverait! Elle était prête
à tout balayer, à tout écraser, pour lui aplanir
le chemin. On permettait à Adrien de trouver
cette petite à son goût et de lui plaire. C'était
son rôle d'homme; et cet attrait léger, par
surcroît, le rendait assidu chez sa sœur. Mais
s'en éprendre, songer à l'épouser... On le lui
défendait bien! Y pensait-il vraiment? A
vrai dire, Mariette l'ignorait. Sa crainte, toute
récente, reposait sur des indices encore très

ténus, comme ce « qui sait? » lancé la veille, assaisonné d'un tendre regard dans la direction d'Hélène. N'importe. Mieux vaut prévenir le mal que d'avoir à le combattre.

Brillantée, sentant bon la toilette fraîche, Mariette vint s'asseoir près de son amie.

— Ah! si mon Adrien commettait un aussi sot mariage, je ne lui pardonnerais jamais. A elle non plus, d'ailleurs. Car, en somme, elle endosserait une grosse responsabilité, la femme qui se laisserait épouser dans ces conditions-là, c'est-à-dire sans argent et sans influences. Sachant le sort qui attend le ménage, elle serait sans excuse. Que dirait-elle pour sa défense? Qu'elle aimait... La belle affaire! On dirait, ma parole, qu'il suffit d'aimer les gens pour avoir le droit de les perdre... Pour une telle femme, la meilleure façon d'aimer Adrien, ce serait de le repousser...

Et, le domestique apparaissant sur le seuil, Mariette enlaça Hélène à la taille et gaiement:

— A table!

Deux jours après cet amical entretien. Adrien se présentait chez Hélène, au matin. Par scrupule, et bien que cette attente où se décidait sa vie lui fût devenue intolérable, il aurait bien laissé à la jeune femme un plus long délai. Mais le temps pressait : au pensionnat de Lise et de Claude, les vacances commençaient du jour même. Le lendemain, Mariette partait pour Valescure. Elle continuait l'ancienne tradition de famille, le séjour d'été dans le Midi, au bord de la mer. Sans doute Hélène ne tarderait pas à quitter Paris pour rejoindre sa famille à Grenoble. Malgré son impatience, il gravissait lentement l'escalier. Car ses genoux tremblaient, et le cœur lui sautait jusqu'à la gorge, à gros coups sourds.

Elle ouvrit, en négligé du matin. Visiblement contrainte, elle s'écria, d'une voix troublée :

— Vous!

Démonté par cet accueil, il balbutia :

— Mais, ne m'aviez-vous pas permis?... Ne vous avais-je pas annoncé?...

Elle avoua, le geste las, gêné :

— Oui, c'est vrai.

Il esquissait un mouvement de retraite :

— Si ma visite vous importune, je...

Elle s'élança, impulsive :

— Oh! non, non!

Puis, comme résignée :

— Entrez.

Il pénétra dans la pièce où elle travaillait d'ordinaire. A la vue des cartons épars, en désordre, un soupçon aigu le traversa. La porte de la chambre était ouverte. Avec une violence dont il ne se serait pas cru capable, il se précipita. Les compartiments d'une malle jonchaient le plancher. Il comprit :

— Vous partez!

Elle l'avait suivi. Elle baissa la tête :

— Oui.

— Chez vos parents? Sans attendre ma visite, sans me prévenir? Alors, vous me fuyiez? Vous vouliez éviter l'explication que je vous avais demandée, l'ennui de me signifier un refus. Dites, dites, c'est bien cela?

Elle ne répondait pas. Ses mains nouaient et dénouaient sa cordelière.

Il insista, avec une douceur douloureuse :

— Mais puisque je vous rencontre, parlez.

Elle s'appuya de l'épaule à la glace de l'armoire, qui refléta sa nuque charmante et ployée. Elle murmura :

— A quoi bon, maintenant... puisque tout est dit.

Il éclata :

— C'était donc bien cela! Ah!...

Puis, se reprenant, s'efforçant de voir clair :

— Mais, c'est impossible. Voyons, l'autre soir, à votre porte, vous étiez encore incertaine. Vous n'étiez pas décidée à me repousser. Sans quoi vous m'auriez découragé d'un mot, malgré ma prière, par charité, pour m'éviter d'attendre dans l'espoir. Que s'est-il passé depuis ce jour-là? Vous a-t-on mal parlé de moi? Quelque calomnie? Parlez, au moins, que je la connaisse, que je la réfute.

Elle jeta un cri de franchise :

— Oh! ne croyez pas cela!

Sans songer même à sa présence insolite dans cette chambre, il s'appuyait à la barre du lit de cuivre. Il cherchait :

— Voyons? S'agirait-il de ma situation, de la vôtre, de la fameuse dot?... J'ai honte de m'arrêter à un tel soupçon. Vous savez bien que, pour moi, ces questions-là ne comptent pas. Et quant à vous, ce ne serait vraiment pas la peine d'avoir conquis votre indépendance, d'avoir vaincu tant de sottes conventions, pour reculer devant un préjugé si misérable ! Et puis, d'ailleurs, si vous aviez un peu d'affection pour moi, vous ne permettriez pas que l'argent fût un obstacle entre nous. Tout mouvement d'orgueil ou de respect humain, enfin tout faux scrupule, serait étouffé en vous par cette affection même. Non, non, ce n'est pas cela.

Elle gémit :

— Je vous en prie..

— Oui, j'ai tort de vous pousser, de vous persécuter. Vous ne voulez pas de moi, voilà tout. C'est votre droit. Je ne vous plais pas. C'est très simple. Mais c'est atroce. Moi qui croyais deviner de la sympathie dans vos regards, dans toute votre attitude, pendant ces soirées que nous passons ensemble, depuis six mois... Et ce jour, à côté, dans votre atelier, devant tous vos petits portraits que j'avais envie d'embrasser un à un. J'étais si heureux, ce matin-là. Et l'autre soir encore, quand je vous ai reconduite, il me semblait que vous me parliez en amie, que vous me livriez un peu de vous...

Elle dit, désespérément :

— Je suis, je resterai toujours votre amie...

— Mais vous refusez d'être ma femme ! Ah ! je le connais, le baume pitoyable dont on panse la plaie : l'amie, la camarade, la sœur ! Ah ! ça m'est bien égal ! C'est vous que je voulais, c'est vous toute !

Et il soupira :

— Qu'est-ce que je vais devenir, maintenant ?

— Vous oublierez. Vous avez toute une vie devant vous.

— Allons donc ! Encore des mots ! Je ne peux pas oublier, moi. L'avenir, c'était vous. Ah ! tout ce que j'ai bâti sur vous, tout ce qui s'écroule ! Mais vous n'aimez pas, vous ne pouvez pas comprendre. Songez donc que depuis des mois mon esprit se nourrit uniquement de votre pensée, que vous êtes en moi, dans chaque parcelle, dans chaque cel-

lule de moi, et qu'il faudrait vous en arracher C'est au-dessus de mes forces. Je ne peux pas.. Je ne pourrai jamais... Je suis trop malheureux

Il se tut, inclina la tête. Il restait silencieux. Et soudain, des larmes coulèrent sur ses joues, comme le sang d'une blessure.

Elle les vit, cria :

— Ah ! non, non, pas cela !

Et, bondissant, elle se jeta sur lui, le prit aux épaules : « Non, non, pas cela ! »

Il balbutiait, égaré, dans une joie de résurrection :

— Ah ! Hélène...

Elle murmurait contre lui :

— Ne pleurez pas.

Il lui couvrait le visage de baisers. Elle répétait, dans un souffle, lèvre à lèvre :

— Ne pleurez plus.

Et lui, ingénu :

— Vous m'aimez donc un peu ?

Elle aurait voulu pouvoir lui répondre : « Si je vous aime !... Ah ! vous me le demandez !... Mais comprenez-moi. Je ne veux pas me débattre dans des résistances et des intrigues de famille, ni vivre plus tard, dans l'hostilité, dans la rancune féroce des vôtres. Je ne veux pas qu'un jour, après quelque déboire, vous puissiez reprocher à ma pauvreté d'avoir brisé votre carrière. Et pourtant, je ne veux pas vous faire souffrir. Je ne veux pas souffrir. Oui, c'est vrai, j'ai voulu fuir. Mais ce n'est pas vous que je fuyais, c'était la seule issue, la seule chance de bonheur qui me restât, c'était la tentation d'être à vous sans entrave... Eh bien, le sort en est jeté. Je ne résiste plus. Je suis libre, je m'appartiens, j'ai le droit d'être heureuse, j'ai le droit de me donner. Et j'en use, de plein gré, de plein cœur, puisque me donner, c'est l'unique moyen de ne pas vous perdre... »

Mais elle était trop femme pour ne pas sentir qu'il n'eût point accepté un tel sacrifice offert en paroles. Elle y consentait en caresses.

Lui, déjà, ne se possédait plus. De si bas, il remontait si haut, dans un vertige. Il se croyait perdu, il était sauvé. Le but inaccessible devenait soudain tout proche... Quand on s'arc-boute à l'obstacle qui cède soudainement, on chancelle, on perd pied. Et puis tout l'affolait, cette chambre encore dans le désordre du lever et du départ, ces chaudes splendeurs sous le vêtement lâche et glissant, ces baisers... Enfin, l'amour qui serait lucide ne serait plus l'amour. Ils n'avaient plus conscience que de leur bonheur. Ils étaient uniquement en proie à cette frénésie qui ne connaît plus qu'elle, et qui veut sa fin...

Sur la lisière du bois de Boulogne, face aux villas de Saint-James, se dresse une toute petite maison de garde, posée comme un jouet au bord de la route, dans la verdure. Elle est de style gothique et de construction moderne. Sous le grand toit pointu, couvert de tuiles vermillon et flanqué d'une cheminée torse, des baies en ogive, encadrées de sveltes nervures, s'ouvrent sur le pignon. C'est un poste désaffecté. La Ville le met en location. Un ménage bourgeois, l'ayant d'abord meublé, pris à bail, puis abandonné, cherchait à le sous-louer. Hélène et Adrien avaient choisi ce nid.

Blottie contre lui, heureuse et confuse dans sa défaite, elle avait murmuré : « Emmenez-moi... Cachez-moi. » A travers le vertige des joies trop brusques et trop fortes, il avait démêlé qu'elle voulait fuir sa maison, donner aux humbles témoins de sa vie l'illusion du départ annoncé, et qu'elle ne pouvait être à lui ni chez lui, ni chez elle. Le jour même, ils s'installaient dans cette retraite.

Il l'avait découverte quelques mois plus tôt, au cours de ces promenades solitaires où déjà sa pensée rapportait tout à Hélène. Devant l'écriteau qui pendait à la porte, il avait soupiré : « Ah ! vivre là, tous les deux ! » Ils y vivaient. Et quel gîte à souhait ! C'était la solitude et c'était Paris. Paris nécessaire, car lui seul pouvait fournir à Hélène des prétextes d'absence aux yeux des siens : travaux urgents, cours de vacances... La gardienne leur avait procuré sur-le-champ une servante, une femme du voisinage. La maison était prête à recevoir ses hôtes. Voilà comment les malles en partance pour Grenoble aboutirent au Bois.

Comme le bonheur s'arrange, quand il veut... Adrien n'y pouvait pas croire. Il avait peur de vivre dans l'illusion. Il se demandait parfois s'il n'était pas dans cet état d'hypnose où il avait vu de pauvres filles à la Salpêtrière, qui sentent, éprouvent tout ce qu'on leur suggère et qui respirent ainsi, au caprice du médecin, dans le monde merveilleux de la chimère. Mais non. Il était bien éveillé. Et, si sa félicité lui semblait un rêve, c'est qu'elle était égale à celle qu'il avait rêvée...

Était-ce possible ? Tant de trésors, tant de perfections ? Il les possédait dans le ravissement. Son ardeur ne s'apaisait que pour renaître, comme un sein s'abaisse et se soulève au rythme de la vie. Il planait, de sommets en sommets, sans toucher terre, sans se reprendre.

Leurs jours coulaient pleins, abondants, délicieux. Le Bois leur appartenait. C'était leur jardin. Et quel jardin ! Ils l'exploraient à l'aventure. Le plus souvent, quittant les allées, ils s'enfonçaient dans les taillis incultes, où les ronces s'accrochaient à leurs vêtements.

— Elles ne veulent pas que nous allions plus loin, disait Hélène.

Ils avançaient pourtant, avides de solitude. Au cœur des fourrés, ils découvraient des clairières silencieuses, ignorées, qui récompensaient leur persévérance. Autour d'eux, les arbres bienveillants étendaient leurs branches en écran, pour les isoler du monde. Les deux amants s'attardaient dans leur cachette de feuillage. Hélène respirait, narine battante, la senteur de la sève et l'odeur verte des gazons froissés. Elle assurait en souriant que ce grand calme la pénétrait, que les bois la reprenaient et qu'il lui semblait faire partie de toute cette nature immobile et vivante. Debout, elle était en effet une grande fleur éclatante. Étendue parmi les herbes, elle avait la grâce onduleuse et fraîche des ruisseaux. Ils se croyaient loin de tout. Et souvent, à dix pas de là, ils tombaient sur une allée soigneusement sablée où des femmes assises tiraient l'aiguille ou lisaient, en surveillant les ébats de leur enfant.

Rarement, le bruit de leurs pas faisait lever quelque rôdeur inoffensif qui s'enfuyait à travers les buissons en bonds souples de bête surprise ; ou qui, rassuré à leur vue, se rendormait simplement. D'autre fois, ils voyaient s'avancer vers eux, dans la perspective des sentiers, un couple qui leur ressemblait, à croire qu'ils avaient une glace devant les yeux. Un jour, dans un petit bois de sapins, ils découvrirent de loin, au milieu d'une éclaircie, quatre jeunes hommes qui, tout droits, le front nimbé de lumière, le geste héroïque et la voix éclatante, prenaient des airs de conjurés. Ils s'approchèrent doucement, sur le sol élastique, feutré d'aiguilles sèches : les conjurés se récitaient mutuellement des vers de *Cyrano*.

Il leur arrivait aussi, dans leurs promenades à travers les taillis, de déboucher brusquement sur de vastes espaces : pelouses de jeux ou de sport, champs de courses ou d'entraînement. Et, frissonnants devant ces grands vides où pourtant l'air dansait dans l'ardente lumière :

— Oh ! rentrons vite ! Il fait froid.

Et de battre en retraite, sous bois. Parfois, l'obstacle était précis, la barrière réelle. C'étaient des ruisseaux creusés de main d'homme, qu'il fallait franchir sur des ponts rustiques, et qui jetaient à travers le Bois le lacis de leurs eaux bruissantes, égrenées en fréquentes cascatelles. C'était le Jardin d'Acclimatation où, derrière le haut grillage, quelque bête nostalgique arpentait sa prison, emplissait les airs de sa plainte et de son odeur fauve. C'étaient les lacs, où flottaient les canots et les cygnes. La Seine limoneuse où cent cheminées d'usine, hérissant la rive de Suresnes, allongeaient leurs reflets tordus. Ou encore des chalets fringants groupés en hameaux. Une ferme modèle. Une vieille muraille croulant sous son corset de lierre. Des bâtiments mystérieux, dont on ne discernait pas l'emploi. Ou enfin les hautes maisons qui bordaient leur domaine : Passy, Boulogne, Auteuil, Neuilly. Et toujours un instinctif recul les rejetait dans la solitude fragile des bois.

Ils s'arrêtaient pourtant volontiers devant ces petits cafés entourés de quelques tables, blottis, perdus sous les arbres, où l'arrivée d'un promeneur fait événement, affole la patronne et le garçon, et si parfaitement

déserts qu'on s'y assoit par charité. On est sûr presque que ces pauvres gens vont vivre de la pièce blanche qu'on leur laissera. Hélène, achevant stoïquement la bière tiède dont la mousse lui emperlait la lèvre, disait, en souriant :

— Buvons, pour qu'ils mangent.

Le dimanche, ils se cloîtraient. Ils fuyaient l'énorme marée humaine qui coulait par les larges artères, filtrait par les allées, se répandait dans les taillis, submergeait tout. Mais, entre le lever tardif et le coucher prompt, comme elle passait vite, cette journée de retraite ! Active, ingénieuse, Hélène avait le sens et le goût du foyer. Elle savait en rendre les servitudes légères et le charme prenant. Pourtant, ils ne recevaient personne dans leur ermitage. Pas d'autre visage humain que celui de Mme Lejet, leur servante, une femme usée plus par la misère que par l'âge, à qui un mari alcoolique faisait un enfant chaque année, et dont Hélène, par mille détours délicats, s'efforçait d'adoucir le sort. Seules, les lettres les rattachaient au monde. Lien fragile. Et pourtant la vue de l'enveloppe timbrée de Suède ou de Valescure dégrisait un instant Adrien. Elle réveillait ses scrupules et ses remords. Pourquoi se laissait-il enliser dans le bonheur ? Il avait offert le mariage. Il le réaliserait. Il allait agir, écrire... Mais Hélène le guettait. Elle savait son pouvoir. D'une caresse elle chassait le souci. Dès qu'il tentait de revenir à son projet, elle l'interrompait :

— Laisse donc, laisse donc. Nous sommes des écoliers en vacances. Les devoirs, c'est pour la rentrée. Qu'importe le monde, puisque nous sommes si heureux, puisque tu m'aimes et que je t'aime.

Elle se penchait sur lui, l'opprimait doucement de ses formes pleines, lui versait l'oubli ; puis, redressée :

— Ah ! oui, je t'aime ! Et le plus drôle, c'est que ta sœur Mariette a tout fait pour cela. Elle m'aurait rendue amoureuse avant de te connaître. Elle me parlait de toi continuellement. Tu étais distingué, et joli homme, et bon, et intelligent, enfin tout...

Elle ajoutait, rieuse :

— Fallait-il que tu fusses vraiment bien

pour que je n'aie pas eu de déception en te
voyant !

Souvent, pendant ces après-midi du di-
manche, il lisait ; près de lui, elle fixait à l'aquarelle la grâce d'une fleur. Mais, soudain, on
entendait le bruit mat du livre qui se referme,
le choc léger du pinceau qui retombe au godet
de cristal, un rire confus, lèvre à lèvre, puis,
plus rien, rien que la rumeur de la foule derrière les murs de la petite maison...

Ce n'est pas qu'ils eussent pris en haine la
société des hommes. Ils y plongeaient parfois.
Ils aimaient dîner dans ces restaurants d'été,
dispersés par le Bois et consacrés par la vogue.
Les uns, aux noms fameux, tout bruissants
de souvenirs de fêtes, restaient fidèles au
passé, gardaient leur décor ancien, leurs pan-
neaux vert pâle, leurs serres, leurs vérandas
qui, dans les hautes glaces, se reflètent en
perspectives d'aquarium. D'autres, plus récents, se donnaient des airs de chalets, répandaient leurs tables sur la pelouse, les abri-
taient sous des champignons de chaume, des
parasols et des tentes rayées, toute une mise
en scène champêtre, en amusant contraste avec
les fleurs électriques aux pétales de soie, éclo-
ses sur les nappes, la mascarade écarlate des
tziganes langoureux et fatals, les toilettes
mousseuses et les roides smokings que les
voitures jetaient au ras du trottoir dans le
cliquetis des gourmettes ou le frémissement
des moteurs.

Hélène l'avouait ; elle était sensible au
délicat bien-être, au plaisir de la fine chère.
La mince corolle de son verre au bout des doigts,
elle s'animait, la lèvre et le regard scintillants.
De la voir si gaie, si saine, si brillante, Adrien
s'éclairait à son tour, comme le visage s'illu-
mine et se réchauffe devant une vive flambée.
Au contact du monde comme dans la solitude,
ils se découvraient des goûts assortis. Ensemble,
ils se divertissaient du snobisme empesé
d'un couple, de la majesté d'un maître d'hôtel.
Ensemble, ils s'intéressaient à la dîneuse
accoudée, toute enveloppée dans la lueur rose
de la lampe et le charme facile de la musique,
et perdue dans son rêve. Ensemble, ils jouis-
saient de cette fleur d'élégance poussée dans ce
cadre rustique, comme de ce continuel alliage

de nature et d'artifice dont était fait le charme
de leur Bois, ces fausses roches rongées de
vraie mousse, ces taillis en broussailles bor-
dées d'allées soigneuses, ces pelouses semées
de corbeilles fleuries, cette coupe des lacs
creusée par les hommes, ornée par les sai-
sons, toute cette grâce de femme jolie et qui
pourtant se pare.

Puis ils rentraient, à pied, dans la nuit.
Adrien emportait un petit revolver. Ce joujou,
au fond de sa poche, leur donnait de la sécurité, les libérait de toute crainte. Ils pou-
paient ne penser qu'à leur bonheur. Ils allaient, hanche à hanche, soudés l'un à l'autre.
Aux abords du restaurant, par ces chaudes
soirées, des groupes assis au bord des allées,
vaguement éclairés du reflet des lumières,
écoutaient la musique, regardaient les toilettes
à travers le feuillage, respiraient l'odeur de la
verdure. Plus loin, sur chaque banc, dans l'ombre croissante, des couples immobiles, enlacés et silencieux, formaient, le long des ave-
nues, comme une chaîne d'amour. Plus loin
encore, la solitude ; à peine le cri du sable
écrasé sous la promenade lente d'une voiture,
la fuite d'une auto dans un bruissement
d'élytres. Enfin, la paix et l'obscurité abso-
lues ; même lèvres à lèvres, ils ne se voyaient
pas, et ils n'entendaient plus que le bruit
de leur cœur et de leurs baisers.

Parfois, sur le chemin du retour, ils faisaient escale dans l'île qui s'élève au milieu
du grand lac. Le passeur les débarquait devant
un chalet où de rares dîneurs s'attardaient
encore. Ils s'enfonçaient par d'étroites allées
qui sinuaient à travers des buissons opulents.
Dans les branches, luisaient de gros globes
électriques où l'étincelle ronflait avec un
bruit de phalènes emprisonnées. Et ils par-
venaient ainsi à un kiosque en belvédère où,
jusque sur le plomb des vitraux, des milliers
d'amants ont gravé leurs initiales. Humble
et vulgaire temple d'amour, où pourtant ils
se recueillaient, dans le grand calme où les
isolait le lac endormi à leurs pieds.

Un soir de lune, calme et doux, ils pénétrèrent dans le Pré Catelan. Personne.
D'abord, le chemin serpentait dans une futaie où la lumière jouait entre les arbres es-

pacés. Puis il s'enfonçait sous un tunnel de feuillage, d'une ombre opaque. Et soudain, il déboucha sur une pelouse éblouissante, givrée de clarté lunaire. Tout proche, un chalet se dressait, muet, clos, d'un mystère irritant derrière ses baies miroitantes et son manteau de vigne vierge. Au loin, très loin, les lumières d'un café incendiaient les bois. Dans une rumeur confuse, les voix monotones des appeleurs de voitures se mêlaient aux échos d'un orchestre. Sur la route, au bout de la prairie neigeuse, d'innombrables lanternes vertes et rouges filaient au guidon de bicyclettes invisibles, comme un vol de lucioles. Ils s'étaient arrêtés. Hélène se blottit dans les bras d'Adrien. La lune éclairait en plein la jeune femme. Elle lui poudrait les cheveux, lui mouillait les lèvres, lui caressait les joues de son fard subtil, l'illuminait d'une irréelle beauté. Alors, toujours l'enlaçant, la contemplant toujours, il se laissa glisser lentement devant elle, presque à genoux. Elle lui dit, se penchant :

— Que fais-tu?

Il répondit :

— Je t'adore.

Le lendemain, au matin, il reçut une dépêche de sa mère :

—Ton père est plus souffrant. Tâche de venir.

Ce fut un réveil atroce.

Les dernières lettres de Suède signalaient bien quelques attaques rhumatismales chez M. Delcambre. Mais il y était sujet depuis de longues années. Place des Vosges, on parlait du « rhumatisme de papa » comme d'un objet familier, inoffensif. Son caractère bénin, chronique, n'avait jamais inquiété Adrien. Les crises devenaient-elles plus aiguës, se localisaient-elles en un organe vital? Adrien maudit ce tour obscur, ce laconisme énigmatique qu'on donne toujours aux dépêches, par une sorte d'instinct démesuré d'économie. Il murmura, en jetant le papier sur la table :

— Ah! tout se paye!...

Estimait-il vraiment qu'il existe dans chaque vie une balance du bonheur et du mal-

heur, et qu'un excès de joie s'équilibre par un excès de peine? Une croyance atavique à l'expiation surgissait-elle des replis profonds de son inconscient, lui soufflait-elle qu'il était puni d'avoir différé son mariage, d'avoir accepté d'Hélène le don d'elle-même avant de l'épouser? Lui-même ne le discernait pas clairement, dans sa panique.

Il décida de partir le jour même. Lamentable, Hélène ne put que l'approuver. Ils durent s'arracher à la petite maison de garde. Ah! ces adieux au nid!... On était en septembre. Près de trois mois qu'ils vivaient là. Trois mois pleins et courts, comme ces rêves qui durent une seconde et laissent pourtant d'innombrables souvenirs.

De Paris, Adrien télégraphia son départ à ses parents, puis à Mariette qui séjournait encore à Valescure. Dans la hâte nécessaire des courses et des préparatifs, il s'efforçait d'oublier son double tourment : tout ce qu'il laissait ici... tout ce qu'il appréhendait là-bas. Hélène voulut l'accompagner jusqu'au train. Il n'osa pas s'y opposer, bien que cette attente, ces adieux dans la foule lui parussent plus pénibles que l'absence elle-même.

Sinistres, en effet, ces derniers moments sur le quai de la gare. Une brume grise emplissait la halle, à croire que les trains arrivés du Nord la cueillaient en chemin et s'en débarrassaient au but, comme un cavalier qui secoue au débotté la poussière de la route. Elle dérobait aux yeux la toiture de verre. Et la cime des énormes piliers de fonte qui jaillissaient du sol se perdait dans le brouillard. Adrien choisit une place et s'immobilisa devant son wagon. Pour échapper à l'angoisse du départ, à l'appréhension de l'arrivée, aux tortures de l'absence, il se rejetait dans l'avenir. En pensée, il sautait jusqu'au retour. Ah! maintenant qu'il était dégrisé par l'épreuve, il voyait clair. Bien vite, aussitôt rentré, ils s'épouseraient. On ne peut pas vivre hors de son temps, comme disait Pierre Roncin. Seul, à l'époque actuelle, le mariage tirerait Hélène d'une situation humiliante et fausse, l'élèverait jusqu'à la place qu'elle méritait. Oh! la promener fièrement à son bras!... Il le lui disait, dans une soif de pardon, avec ferveur. Elle répondait, secouant la tête :

— Reviens d'abord. Reviens vite.

Un moment, pour tromper l'attente, ils longèrent le convoi jusqu'à la machine. La vapeur impatiente s'échappait à travers les membrures d'acier, taillées en force. Elle les enveloppa tous deux d'une buée moite, d'une odeur d'huile chaude et de charbon. Le chauffeur jetait de pleines pelletées de houille au foyer, qui l'embrasait d'un reflet ardent.

— Le mécanicien s'appelle Passerat, dit Adrien avec un pauvre sourire.

Hélène s'étonna. Il lui montra le nom gravé sur une plaque de métal, dans un petit cartouche de cuivre, au flanc de la machine. C'était l'usage.

— Je ne savais pas, dit-elle.

Ils se seraient intéressés à n'importe quoi, à tout, pour ne penser à rien. Ils s'avancèrent encore, jusqu'à la pointe du quai. Ils étaient seuls, comme au bout d'une jetée en mer. Devant eux, des feux rouges et verts constellaient la nuit. Un seul dardait une flamme bleue, sourde et vive, la flamme du soufre qui brûle. Tout à coup, Hélène se colla contre lui, la tête levée. Elle râlait :

— Oh ! ne me quitte pas, ne me quitte pas ! Je t'en supplie.

Il étouffa d'un baiser le cri de détresse et de tentation.

— Mon aimée... Tu sais bien qu'il faut...

Une machine de manœuvre siffla, toute proche. Ils tressaillirent, déchirés. Vivement, ils rebroussèrent chemin, jusqu'au wagon d'Adrien. Des employés pressaient le départ. L'heure était venue.

Ils se prirent les mains, puis gauchement, ils s'embrassèrent dans le cou, sur les joues. Mais leurs lèvres glissèrent et se joignirent, dans un besoin de communion plus fort que la pudeur. Ah ! l'affreux baiser, en pleine foule, sous les regards qu'ils devinaient autour d'eux !... Baiser écourté, gâté, où ils auraient voulu sceller le pacte, mettre toute la douleur, tout l'amour, tout l'espoir, se verser l'un dans l'autre...

Accoudé à la portière, un voyageur que nul n'accompagnait les observait avec une envieuse ironie... Les portières bouclées claquaient à grands coups. Adrien monta, resta debout dans l'encadrement de la vitre baissée. Il contemplait Hélène. Ses yeux la buvaient, la prenaient, ligne à ligne, détail à détail. Maintenant, il aurait voulu que c'en fût fini, que le train, d'un bond, s'échappât en pleine nuit. C'était l'attente trop courte et trop longue du condamné avant l'exécution. L'idée le traversa de descendre, de ne pas partir, ou bien d'emporter Hélène avec lui. Un signal nasillard, d'un comique triste, retentit. Puis un son de cloche, un coup de sifflet...

Péniblement, le train s'arracha au quai, glissa. Elle lui tendit la main. Il la prit encore. D'instinct, elle suivait, elle restait à hauteur d'Adrien. Puis, l'allure s'accélérant, elle courut quelques pas. Enfin elle s'arrêta, dépassée. Il se pencha, cinglé par le vent. Sous les globes électriques, dans la brume, parmi des groupes sombres, il ne voyait qu'elle. Puis elle disparut. Elle n'était plus qu'en lui.

DEUXIÈME PARTIE

Quatre heures d'un matin de février. Dans le fiacre qu'il a pris à la gare, Adrien s'agite et défaille d'impatience. Il va revoir Hélène.

Ce cheval n'arrivera jamais. Il bute un pas sur deux. Sans doute le cocher dort sur son siège. Il achève sa nuit. On pourrait compter les pavés que franchissent les roues. Incapable de rester en place sur la banquette au capiton feutré et comme raidi de taches innommables, Adrien jure à haute voix, parmi le vacarme des vitres qui dansent à se briser dans leur cadre disjoint. S'il ouvrait la portière, s'il sautait sur la chaussée, s'il prenait sa course? Avance-t-il vraiment plus vite qu'un passant? Il sonde du regard l'ombre grise où la lueur des réverbères blêmit, à longs intervalles, dans un halo de brume. Mais les rues de Paris sont vides, absolument vides. C'est l'heure courte où tout s'endort, enfin, où rien ne s'éveille encore.

Depuis qu'il suivait le chemin du retour, il vivait dans la fièvre, dans une rage impuissante. Ne marcher qu'à l'allure du bateau, du train, de la voiture... Ne pas pouvoir les entraîner, pousser de l'épaule aux parois, de toute l'impulsion de son désir! En wagon, il essayait de s'absorber en des besognes hébétantes : compter les piquets qui jalonnent la voie, chronométrer la vitesse, tirer de sa mémoire et clamer pêle-mêle des poésies et des formules algébriques, des nomenclatures de science et des refrains de marche, ou bien lire, épuiser les journaux jusqu'au morceau de feuilleton, jusqu'aux annonces.

Il ne laissait pas de souci derrière lui. Il avait pu soigner son père — perclus et tordu de douleurs à son arrivée — par des procédés énergiques et récents, fondés sur les cultures microbiennes et peu répandues encore au delà des milieux scientifiques. D'autre part, il avait ranimé l'énorme entreprise, un instant paralysée, frappée au cerveau par l'absence de son chef. Et il avait voulu ne partir que pleinement rassuré sur ses deux malades. Hélas! son zèle pieux l'avait longtemps retenu au chevet paternel et aux bureaux de l'usine. Dix-huit mois... Dix-huit mois sans revoir Hélène. Mais maintenant, la conscience tranquille et le cœur tumultueux, il ne tendait plus que vers elle.

Il s'était opposé à ce qu'elle vînt le chercher à la gare, dans la nuit. Surtout il ne voulait plus de ce hâtif baiser dans la foule, indifférente ou narquoise. Sa peine s'en était augmentée au départ; sa joie s'en fût amoindrie au retour. Hélène l'attendait chez elle. Il l'en avait priée lui-même, dans ses lettres. Tout autre arrangement, tout autre rendez-vous, eût retardé leur pleine étreinte. Et d'ailleurs, pourquoi se cacher, puisque bientôt ils seraient ouvertement l'un à l'autre?

Ce fiacre n'avance pas. Adrien épie les façades, les devantures closes. Dans l'ombre grise, il les reconnaît à leur physionomie, à leurs enseignes. Rien n'a changé, en dix-huit mois. On dirait que la ville, comme le palais du conte bleu, n'a pas cessé de dormir depuis le soir où il l'a quittée, et qu'elle va seulement se réveiller, maintenant qu'il est revenu.

S'il avait dormi, lui aussi, pendant ces dix-huit mois! Mais rien n'avait pu apaiser en lui, tromper même les tortures de l'absence. Rien. Ni ce brusque, cet absolu changement de mœurs, de pays, d'atmosphère, qui parfois, pourtant, lui donnait l'étrange sensation d'être transporté sur un autre astre. Ni la joie de retrouver les siens après six ans, de leur apporter le réconfort de son énergie toute neuve. Ni la double tâche qu'il avait assumée de guérir son père et de le remplacer. Ni ses travaux personnels, auxquels il s'acharnait pour combler ses loisirs et ne plus se laisser même le temps de rêver. A chaque instant, il avait regretté sa compagne, comme au moment où le train l'arrachait à sa vue. Et, parfois, dans l'excès de sa détresse, il en venait à déplorer d'être si rebelle à l'oubli...

Tout arrive, même un fiacre de nuit... Dans l'obscurité, Adrien franchit le porche, jeta un nom, gravit l'escalier. Il s'apprêtait à frapper à petits coups, pour ne pas réveiller brusquement Hélène. Mais la porte s'ouvrit. Il vit dans la pénombre une forme blanche. Déjà, jetée contre lui, elle l'aggripait, comme un naufragé qui se crispe à l'épave; elle l'absorbait, de ses bras, de ses lèvres, de tout son corps chaud de sommeil. Elle murmurait, frémissante :

— Ah ! c'est toi !... C'est bien toi !...

Lui, l'étreignait, suffoqué de bonheur.

Enlacés, ils pénétrèrent dans la chambre. Une lampe, coiffée d'un abat-jour rouge, éclairait violemment le lit, resté grand ouvert dans la hâte du brusque lever. Un feu de coke embrasait la cheminée. Maintenant, ils échangeaient ces propos banals et vains qui montent aux lèvres tremblantes dans les premiers moments des grands émois : « Tu n'es pas trop fatigué? — Quand as-tu reçu ma dépêche? — A huit heures. Non. Huit heures un quart. — J'ai eu de la neige jusqu'à la Fère. — La mer était-elle forte? »

Brisés, les jambes tremblantes, ils s'étaient assis au bord du lit. Elle dit :

— Je ne pouvais pas dormir. Je m'assoupissais à peine. A chaque roulement de voiture, j'espérais. Enfin, j'ai entendu le bruit de la porte et de tes pas.

Elle lui jetait des regards furtifs et timides. On eût dit qu'elle n'osait pas croire à son bonheur, qu'elle tremblait de voir Adrien lui échapper, disparaître comme une vision. Lui la contemplait, la respirait. Il le tenait enfin, tout proche et brillant de vie, le cher visage dont sa mémoire et les portraits ne lui avaient donné, tant de mois, que des images décevantes. Il balbutia :

— Enfin, te voilà...

Mais leur joie était décidément trop forte pour tenir dans des mots. Et ils la laissèrent se répandre dans l'ardent silence des caresses...

Le jour blanchissait le plafond, au-dessus des rideaux fermés, quand de nouveau leurs voix montèrent dans la pénombre de la chambre.

Adrien revenait sur son long temps d'exil :

— Si tu savais comme j'étais malheureux, loin de toi ! Ta pensée ne me quittait pas. J'évoquais tous les moments que nous avons passés ensemble, dans notre Bois. Et je retrouvais les mêmes transports, les mêmes coups de cœur, les mêmes bondissements que quand je t'avais contre moi. Je te parlais. Je voulais que tu fusses là. Mais c'était si douloureux, d'éprouver tous les frissons que tu donnes, et de ne pas t'avoir !

Là-bas, il revivait si fortement ses émotions, qu'il était sans cesse déçu par ses souvenirs comme par ces songes voluptueux dont on se réveille dans un plaisir aigu, mais dans la solitude et les bras refermés sur lui-même. Parfois, quand il voyait les gamins enfoncer par jeu leur visage dans la neige pour y mouler leur empreinte, il se murmurait qu'Hélène aussi avait laissé en lui son image fidèle, une empreinte en creux, dont il sentait le vide à chaque instant.

Tout haut, il continuait de maudire les tourments de l'absence. Blottie contre lui, l'enserrant, elle lui dit, la voix pressante :

— N'y pense plus. N'y pense plus. C'est fini.

— Oui, c'est vrai. Tu as raison, murmurat-il en lui rendant ses caresses. Et puis, tout cela, je te l'ai écrit.

Ah ! ces lettres qu'il lui envoyait chaque jour... comme il avait maudit leur insuffisance ! Le peu qu'elles disent, de ce qu'on voudrait dire ! Ces petits signes maigres, noirs et simiesques, qui cabriolent à la file sur le blanc de la page... Toutes ces pensées dont on est plein, qu'on amène au bout de ses doigts, et qu'il faut faire passer dans cette pointe de fer... Quelle dérision ! Et pourtant il attendait dans la fièvre les lettres d'Hélène.

— Au bureau, dit-il, j'étais toujours descendu avant le courrier. J'entendais le coup de sonnette du facteur, le bruit de la petite porte qui se refermait derrière lui. A travers la cloison, je suivais ses gestes. Il remettait le paquet au commis. Je calculais le temps nécessaire au triage. Comme il était long à venir, cet homme ! C'est vrai : il ne pouvait pas se douter que je comptais les secondes...

Elle l'interrompit, très vite :

— Mon pauvre chéri !... Pourtant, mes lettres ne t'apportaient pas tout le secours que j'aurais voulu. Devant le papier, je ne sais pas exprimer ma pensée. Il faut que je voie celui à qui je parle. Tu sais, on dit quelquefois par moquerie : un encrier de peintre. Car ceux qu'on trouve dans les ateliers sont souvent secs, avec une plume toute rouillée. Par là au moins, je suis peintre.

Il avait remarqué, en effet, que les lettres d'Hélène étaient rapides et sommaires. Les lignes couraient à grandes enjambées vers l'obstiné refrain : « Reviens, reviens. »

— Une fois même, dit-il, tu es restée huit jours sans m'écrire. Pendant les dernières vacances, en septembre. Tu étais chez tes parents, à Grenoble. Tu te rappelles ?

Sans doute se le reprochait-elle. Car elle murmura, la voix brève et trouble, comme désireuse d'échapper aux reproches et de fuir un souvenir pénible :

— J'étais souffrante, je te l'ai dit.

— Oui. Mais que j'étais malheureux ! Je ne pouvais m'adresser qu'à la poste restante, où mes lettres et mes télégrammes s'accumulaient... Enfin, tu as raison : tout cela est fini. Tu es là, je t'ai, pour toujours.

Oui, pour toujours. Il allait l'épouser. Maintenant, c'était tout à fait sûr. Là-bas, une fois rassuré sur le sort de son père, il s'était longuement confessé. Surtout à sa maman. Il lui avait tout raconté : leur in-

timité chez Mariette, sa demande, le refus d'Hélène suivi de la chute soudaine, puis cette folie heureuse, loin et près du monde, dans le Bois, l'oubli dans le bonheur, et enfin le réveil, le brusque appel, presque au moment de rentrer dans la vie et d'agir... Mme Delcambre écoutait, un peu triste, indulgente. Alors, enhardi, il lui montrait des portraits de la jeune femme, ravi de pouvoir parler d'elle : « Oh ! elle est bien mieux que cela ! » Le verbe coloré, il mettait, sur la grise photographie, les nuances de la vie, le rouge scintillant de la lèvre, la blancheur chaude du teint, les coulées d'or clair dans la chevelure d'or brun. Bien plus, il déchiffrait le visage, il montrait la franchise du regard, le front rayonnant de fierté simple, et, partout éparses, cette grâce limpide et fraîche, cette force souple, qui faisaient songer aux nymphes riantes dont la Fable antique peuplait les eaux et les bois. Et puis, au fond, son roman et celui de ses parents ne se ressemblaient-ils pas ? Eux aussi, jadis, l'un en Suède, l'autre en France, s'étaient attendus deux ans sans autre cordial, sans autre réconfort que les lettres et les souvenirs. Il est vrai que ce n'était pas tout à fait la même situation. Mais si, par délicatesse, il taisait devant sa mère ce rapprochement singulier, elle avait dû le faire dans son cœur... Bref, de ce côté, il avait gagné sa cause.

Restait Mariette. Retenue à Valescure pendant qu'eux-mêmes vivaient leur rêve au fond du Bois, elle ignorait tout de leur liaison. Cependant, par les lettres de son amie, Adrien savait que les relations entre les deux jeunes femmes s'étaient peu à peu relâchées. Sans doute Hélène, qui n'aimait pas à dissimuler, ne se souciait guère, dans sa situation nouvelle, de se retrouver dans l'intimité du notaire et de sa femme. Et puis, est-ce que les engouements de Mariette duraient jamais deux ans ?... Comment allait-elle accueillir la décision de son frère ? Ses idées rigides sur le mariage, son ambition jalouse, tout en elle se rebellerait contre une telle union. Que ferait-elle ? Savait-on jamais, avec cette fanatique ? Elle était femme à tendre une embûche, et capable même d'un affront. Il fallait au moins s'assurer de sa neutralité. Bah ! l'exemple et le consentement de ses parents sauraient bien la réduire.

Toutefois, dans ses lettres, et ce matin même, dans l'épanchement du retour, Adrien s'étendait peu sur son projet. Il se promettait une telle joie, une fois Mariette convertie, le dernier obstacle renversé, de démasquer à Hélène la route libre et le but tout proche : « Voilà, nous nous marions ! »

Il puisa, dans la pensée qu'il allait combattre pour elle, la force de s'arracher de ses bras.

— Il faut que je sois pour déjeuner chez Mariette. Elle m'attend. Et, auparavant, je dois passer chez moi.

Elle l'enlaça. Et, comme le soir du départ, sur le quai de la gare, elle gémit :

— Oh ! ne me quitte pas encore !... Ne me quitte pas !

Surpris de ce ton désespéré, il la rassura, lui rappelant qu'il viendrait la reprendre aussitôt libre. Ils dîneraient ensemble, au cabaret, comme jadis. Elle laissa retomber sa tête sur l'oreiller, parmi sa chevelure répandue en coulées brillantes.

— Oui, c'est vrai, je suis sotte. Allons, va...

Mais elle soupira, comme s'il allait la quitter pour jamais.

Chez Mariette, l'attendait un déjeuner de fête.

Elle avait invité les Roncin. Ce fut, pour Adrien, une surprise charmée. Sa sœur les revoyait donc ? Pendant le court intervalle entre son mariage et le départ de ses parents, elle les rencontrait place des Vosges. Puis elle les avait négligés. Mais elle venait, paraît-il, de découvrir Sylvie Roncin. Quelle fille dévouée ! Quelle maîtresse femme ! Une perle ! Un collier de perles ! Elle l'emmenait dans ses courses et ses visites. A son jour de réception, elle la voulait à son côté : « Cette pauvre petite, elle ne voit personne. »

Elle clamait les louanges des Roncin aux oreilles d'Adrien, oubliant, dans son enthousiasme, que son frère était toujours resté leur ami assidu. Il s'amusa de constater qu'elle choisissait toujours pour favorites des femmes en tous points dissemblables d'elle-même. Après Hélène, Sylvie. Robert,

placide, laissait faire. Il en avait tant vu, depuis treize ans, des élues atteindre et quitter le pouvoir. Encore, on comprenait qu'Hélène, seule à Paris, fût heureuse de découvrir un foyer accueillant. Mais pourquoi Sylvie Roncin, si fortement attachée à son père, cédait-elle à ce caprice ?... Et quel attrait pouvait-elle trouver à la maison de Mariette ?

Cependant, on accablait Adrien de caresses et de questions. Il rendait les caresses, mais il répondait mal aux questions. Un voyageur, dans les premières heures qui suivent son retour, ne déroule jamais ses souvenirs. Ils sont trop. Il y a engorgement. Aucun ne sort. Il est vrai que, plus tard, ils se rattrapent !... Et puis il lui manquait Hélène, à cette fête intime, à cette table. Comme elle était triste, en lui disant adieu ! Pourquoi cette appréhension démesurée, à la pensée de le quitter quelques heures ?... Pour détourner l'attention et rester tout à sa rêverie, il dit :

— Mais, vous aussi, Roncin, vous avez voyagé.

Le professeur avait fait récemment un court séjour au laboratoire de zoologie marine de Banyuls, près de Port-Vendres, dont le directeur était de ses amis. Il tenait à étudier sur place ces polypiers, dont l'apparence végétale souligne si singulièrement la continuité des règnes de la nature. Il les décrivit brièvement, son maigre visage et sa barbe grise rajeunis par son joli sourire. Et, comme il voyait les enfants attentifs aux mœurs de l'anémone de mer, il raconta des exploits de fleurs. Celles qui mangent, celles qui s'agitent, celles qui voyagent, qui éclatent, qui volent.

Il rêvait d'une éducation au jardin. Quand on a bien compris comment un brin d'herbe germe, respire et se nourrit, on est très savant. Une plante qui pousse, c'est tout l'arbre de la science qui se déploie. Et le jardinier, c'est un philosophe sans le savoir : quand il éclaircit un plant, il prévoit la rude loi de concurrence qui immole les faibles aux forts ; quand il garde les meilleures graines, il fait de la sélection, cette sagesse de l'avenir... Ainsi en regardant, en écoutant, en jouant, on en apprend plus que dans les livres.

— Ah ! ah ! s'écria Robert, ne dites pas cela devant les enfants ! Ils ne voudront plus aller en classe.

— Comment trouves-tu Lise ? demanda Mariette à son frère.

Dès l'entrée, la métamorphose de la fillette l'avait frappé. Elle était grande, la taille déliée, le visage précis.

— Je trouve qu'elle a profité de mon absence pour devenir une jeune fille.

Dans le « vivoir » où les trois hommes buvaient leur café, Pierre Roncin poursuivait sa démonstration pour Robert, avec une insistance ingénue :

— La fleur est tout amour. Sa vie n'est qu'une œuvre d'amour ; son calice, un organe d'amour. Et la femme est fleur. Si toutes les jeunes filles pouvaient être pénétrées de cette vérité, il leur suffirait de suivre l'acte merveilleux qui fait de la fleur un fruit, pour que le grand mystère leur fût dévoilé, de la façon la plus chaste, la plus poétique et la plus exacte.

La barbe de Robert protesta :

— Oh ! il y a des choses que les jeunes filles doivent ignorer !

— Jusqu'au jour du mariage, où elles doivent brusquement les apprendre, dit Pierre Roncin doucement obstiné. Et je préfère pour elles mon initiation à la vôtre...

Seule, dans le grand salon, Sylvie était assise au piano. Adrien la rejoignit. Elle cessa de jouer, sa face ronde soudainement épanouie.

— Eh bien, jeune et cher maître, avez-vous trouvé le temps de travailler pour vous, là-bas ?

Elle savait lui plaire, en parlant de ses œuvres. Hors Hélène, rien ne l'intéressait que ses livres. Et encore, cette fois, le livre s'inspirait d'Hélène. Il répondit :

— Mais oui. Ou plutôt, j'ai préparé du travail, le plan et les matériaux d'une grande machine...

— Sur quoi, la grande machine ?

— Sur le souvenir. Sur la façon dont il se fixe, et dure, et se réveille en nous...

Elle l'interrompit :

— Mais, en effet, c'est grand comme la vie, cette affaire-là !

— Évidemment, reprit-il. Vivre, c'est se souvenir. Que serait la vie, si l'on ne se souvenait pas ? Le seul lien entre tous les jours que nous avons vécu, c'est la mémoire. C'est le fil aux perles du collier : sans lui, elles s'éparpilleraient. Marcher, écrire, parler, c'est se souvenir, puisque ce sont des actes que nous avons dû apprendre. Et l'énorme amas de nos impressions, de nos connaissances, autant de souvenirs. Savoir, c'est se rappeler... Oh ! le terrain est vaste ! Mais certaines régions sont très explorées, ce qui permet de les parcourir rapidement. Ainsi, sur la mémoire des yeux, la mémoire auditive, la mémoire verbale, on a presque tout dit...

— Je vous crois. Papa a des tas de bouquins là-dessus. Je les connais. C'est moi qui les classe... et qui les époussète.

— Vous êtes trop modeste. Avouez que vous les avez lus... Heureusement, il reste des zones moins fréquentées. On a très peu étudié la mémoire des sentiments. Car j'ignore si vous y avez jamais réfléchi : avoir de la haine, avoir de la jalousie, de l'ambition, de la tendresse, c'est encore avoir de la mémoire, une autre mémoire. C'est encore se souvenir de ses émotions, c'est leur garder au fond de soi la chaleur de la vie. Comprenez-vous ? Et pourquoi quelques-uns de ces souvenirs-là s'étiolent-ils, s'abolissent-ils si vite, tandis que d'autres restent toujours jeunes, pleins de verdeur, et font que le passé nous soit toujours présent ?

— C'est vrai, murmura-t-elle.

Il poursuivit :

— Voilà surtout ce qui m'excite, ce qui m'empoigne. Voilà mon livre. Je ne sais pas s'il plaira. Mais en tout cas, j'y aurai mis beaucoup de moi. Pour le documenter, j'aurai vraiment payé de ma personne. Car je l'ai conçu en me regardant vivre, là-bas...

Elle dit, d'une haleine brève :

— Ah ! Je comprends !

Puis enjouée :

— A propos de souvenirs... que devient donc votre protégée, Mlle Aubret ? Voilà plus de six mois qu'elle n'est pas revenue nous voir. Depuis l'été dernier. En avez-vous des nouvelles ?

Pourquoi feindre, avec Sylvie? Ne lui annoncerait-il pas bientôt son mariage? Il lui répondit simplement :

— Oui, nous nous écrivions.

Elle dit, en frappant des mains :

— Parfait ! Alors, le passé qui reste présent, l'émotion qui garde la chaleur de la vie, le souvenir plein de verdeur, c'est elle?

Il avoua encore, heureux de se livrer :

— Oui.

Elle railla :

— Mais, garder d'une femme un souvenir fidèle, il me semble que c'est un phénomène très connu. Est-ce que, par hasard, ça ne s'appellerait pas l'amour?

— Oui, répondit-il en souriant. C'est de l'amour. Mais ce n'est pas tout l'amour. Car, lorsque des amants se séparent, ils ne se souviennent pas également. Les uns gardent, comme moi, cette mémoire vive, qui les maintient toujours égaux à eux-mêmes. Mais, chez d'autres, cette même mémoire du cœur peut faiblir, sans que pourtant l'amour soit mort en eux. Il n'est qu'endormi.

— Sommeil dangereux ! s'écria Sylvie en riant. Et frère du total oubli. J'espère bien que, sur ce dernier cas, vous n'avez pas de document vécu pour votre livre?

Une crainte absurde le traversa, qui jamais ne l'avait hanté pendant l'absence. Hélène? Hélène serait-elle restée moins fidèle au souvenir?... Quelle folie ! Il s'en voulut d'un tel soupçon. Il répliqua doucement :

— Non.

Puis il reprit, tout à son œuvre prochaine :

— Mais cette mémoire, cette trace dont la durée varie avec les êtres, avec les sentiments, ici pastel et là eau-forte, quel mystère ! Où, comment ce souvenir se fixe-t-il en nous? Cette substance sensible qui, derrière notre front, peut vibrer longtemps après le choc, qui peut garder l'émotion, s'en imprégner comme un cristal reste phosphorescent d'avoir reçu de la lumière... voilà ce qui m'émerveille... On reconnaît la poésie d'un soir d'été, d'un beau ciel tout scintillant d'une poussière de mondes. Eh bien, moi, je trouve qu'il a aussi sa poésie, cet univers que chacun porte en soi, ce milliard de cellules qui luisent dans la nuit du cerveau, qui s'éteignent, se rallument, s'éclairent les unes les autres, qui se groupent, s'associent, et dont les constellations dessinent nos souvenirs.

Vers quatre heures, les Roncin prirent congé. Mariette n'avait pas encore eu son Adrien pour elle seule, depuis le matin. L'entraînant dans le vivoir —où d'un bref déclic elle donna de la lumière — elle l'interrogea sur leurs parents. Étaient-ils très changés? Il lui confirma les détails contenus dans ses lettres. Il dit sa mélancolie, au premier moment, devant leurs cheveux blancs. La souffrance avait fait de leur père un vieillard. Et les belles torsades blondes de maman, enroulées jadis en gros câbles d'or sur sa tête... Hélas ! usées par le temps, elles se dédoraient, montraient leur trame d'argent. Mais comme ils restaient tendres, tous les deux, unis, étroitement liés ! Et Adrien soupira :

— Ah ! aimer... voilà le grand secret.

Puis soudain, rapprochant sa chaise :

— Petite sœur, quelques jours avant ton départ pour Valescure, il y a bientôt deux ans — tu te souviens, un soir où nous discutions à propos des *Songes* — tu m'as reproché de ne pas me marier. Eh bien, une grande nouvelle : je me décide.

Tout de suite, elle tomba en arrêt, la face dure. Mais, avant qu'elle se fût étonnée d'une résolution si imprévue et prise en dehors d'elle : il ajouta :

— J'épouse Mlle Aubret.

Elle cria :

— Hélène !

— Oui.

Elle se souleva, les griffes en avant, la vie réfugiée au fond des yeux brûlants, vraiment effrayante :

— Tu es fou ! Mais c'est impossible ! Tu entends, c'est impossible...

Il s'attendait bien à une révolte. Mais, tout de même, elle exagérait. Elle dépassait le but. Il ne vit en elle que l'enfant gâtée dont on contre-carre les caprices et dont on méconnaît les désirs. Il lui dit, avec une sorte d'indulgente bonne humeur :

— Mais non, mais non, je ne suis pas fou et ce n'est pas impossible. Rien ne s'oppose à ce mariage. Je suis majeur. Nos parents consentent. Donc, je puis m'engager quand il me plaira. Mais j'ai voulu te consulter, te convaincre. Je ne veux pas que tu nous soies hostile dès maintenant, que tu nous gardes rancune plus tard. Je sais quelle affection tu as pour moi et je t'assure que je te la rends à ma façon. Pendant dix ans, nous avons pour ainsi dire vécu la même existence. Aussi, ce serait vraiment trop sot de nous fâcher parce que j'épouserais une jeune fille que tu as vantée, exaltée devant moi, et, en définitive, que j'ai connue chez toi, par toi... Je conçois que tu n'approuves pas d'emblée ce mariage...

Elle ricana aigrement :

— Tu es bien bon.

Il s'étonnait qu'elle le laissât filer son discours sans l'interrompre, autrement. Il en éprouvait une sorte de malaise. C'était trop de calme après trop de violence. Fatalement elle éclaterait. Mais à quel signal? Il poursuivit néanmoins :

— Certes, à en juger par les candidates que tu m'as proposées, par les idées que tu as souvent exprimées devant moi, Mlle Aubret ne doit pas être pour toi la belle-sœur idéale. Tu lui reprocheras sûrement la modestie de sa fortune et de sa famille. Je sais d'avance tout ce que tu pourras me représenter sur les charges que je me crée, et sur les avantages auxquels je renonce. Mais...

Elle l'interrompit, la main dressée :

— Pardon. Un seul mot : elle accepte?

L'attaque approchait. Adrien médita sa réponse. Évidemment, Hélène tenait moins que lui à ce mariage. Chaque fois qu'il y avait fait allusion jusqu'à son départ, elle s'était échappée; elle répondait, évasive : « Oui, nous verrons... plus tard ». Mais, à tout prendre, elle l'ajournait sans le repousser. Il affirma donc :

— J'ai lieu de croire qu'elle ne refusera pas.

— Mariette éclata :

— Eh bien, elle aura un fier toupet ! Et pour bien des raisons ! Et la première en date, c'est que je lui ai montré, moi, ces charges qu'elle te créerait, ces avantages qu'elle te ferait perdre. Je lui ai mis le nez dessus. Parfaitement. Et je ne lui ai pas mâché que, si elle passait outre, ce serait entre elle et moi la guerre au couteau. Et si, malgré tout, elle t'a encouragé...

Quoi? Mariette avait parlé... Qu'entrevoyait-il? Quelle lueur... Il se leva, la prit au poignet et, penché sur elle :

— Tu as fait cela? Quand?

Démontée par cette fermeté soudaine, elle chercha :

— Mais... un peu avant ton départ... ou, plus exactement, avant le mien pour Valescure. Oui, juste le lendemain du jour que tu rappelais tout à l'heure, où tu l'as reconduite chez elle.

Il la pressa :

— Et tu lui as suggéré de ne pas m'écouter, de me fuir?

— Dame !

Tout s'éclairait. Il se redressa, et, lâchant le secret de leur liaison :

— Malheureuse ! Mais c'est toi qui l'as jetée dans mes bras !

— Comment?

De nouveau, il se pencha vers Mariette :

— Écoute bien. Deux jours après ton bel exploit, j'ai été la voir, chez elle, je lui ai demandé en effet d'être ma femme. Elle a refusé... Oui, elle a suivi ton conseil. Mais pas de la façon que tu souhaitais... Car il y en avait une autre, pour cette fière et libre créature, c'était d'être à moi sans me lier à elle, c'était de se compromettre plutôt que de compromettre mon avenir, c'était de faire deux heureux au lieu de deux malheureux ! Comment n'ai-je pas deviné?... Ah ! chère, chère Hélène !... Elle m'apparaît plus grande, et plus adorable que jamais...

Mariette se taisait, attentive, tapie et menaçante comme une bête acculée. Il continuait, dans l'âpre joie de lui dévoiler la vérité :

— Je comprends maintenant sa résistance, sa brusque défaite, tout ce débat, en elle, entre ton inspiration et celle de son cœur. Je comprends, chaque fois que plus tard je voulais lui parler mariage, son effort constant de me détourner, de remettre, de gagner du temps. Dès la première minute, elle a étouffé mes scrupules sous le poids du bonheur... Trois mois, tu entends, trois mois, pendant ton séjour à Valescure, nous avons vécu ensemble, heureux à tenter le sort, trois mois où elle s'est révélée la compagne la plus exquise, la compagne unique, celle qu'on n'est las jamais de voir, d'écouter et d'étreindre. Trois mois inoubliables, et que je n'ai pas oubliés une seconde pendant tout mon exil !

Mariette se reprenait. Soulevée d'une sombre ardeur, elle voulut parler. Elle commença la voix sifflante, ironique :

— Ah ! Ah ! tu ne les as pas oubliés, toi...

Mais sans l'écouter plus et voulant l'accabler :

— Certes, reprit-il, tu m'aimes comme une mère ! Tu as bien pour moi la tendresse aveugle et maladroite des mères ! Car tu as pensé l'éloigner de moi. Et tu nous as soudés l'un à l'autre. En dehors même du devoir que je me suis créé, il y a entre elle et moi un lien de chair que rien ne déchirera plus.

Et soudain elle lui jeta en pleine face, dans un cri de triomphe farouche :

— Te ne l'épouseras pas ! Il n'y a pas de devoir ni de lien qui tienne. Tu ne peux pas l'épouser. Et tu seras bien forcé d'en convenir toi-même. Tu vas voir...

Elle se leva, bondit vers la porte en relevant sa jupe pour courir plus vite. Là, pourtant, elle s'arrêta. Et se retournant :

— Oui, je t'aime comme une mère. Et, comme une mère, j'ai le droit de te sauver. Je tenais une autre arme en réserve... Plus dangereuse que je ne croyais, car c'est toi qui viens de m'en révéler toute la portée... Je ne pensais pas avoir besoin d'en user, car je n'imaginais pas que cette femme oserait accepter ton nom. Et cela, pour les raisons que je t'ai dites et pour celles que je t'ai cachées jusqu'ici. Mais, puisque tu te crois engagé, puisqu'elle consent, puisque tu t'obstines, je n'hésite plus.

S'élançant dans la galerie, elle appela :

— Robert ! Robert !...

Au retour de l'étude, il faisait répéter, comme chaque avant-dîner, les leçons de Lise et de Claude dans la salle de travail.

Debout, Adrien s'appuyait au dossier d'une chaise, le cœur lourd et battant. Il avait peur.

Robert entra, cordial, puis inquiet à la vue de sa femme. Elle avait son visage des mauvaises heures, les orbites noircies, les os à la peau, le nez pincé, la bouche cruelle.

— Qu'est-ce qu'il y a ?

— Mon cher ami, dit Mariette, tu vas me faire le plaisir de raconter pour Adrien ta petite aventure d'Uriage.

Il marqua un scrupule :

— Est-ce bien nécessaire ? C'est assez délicat...

Elle bondit :

— Tu demandes si c'est nécessaire ? Il veut épouser Hélène Aubret !

Le notaire sursauta, la bouche et les yeux ronds.

— Diable !... Oh ! alors, en effet, mon devoir est de parler. Mon cher Adrien, Mlle Aubret n'est pas une personne qu'on peut épouser. Et je le prouve...

— Assieds-toi, dit Mariette.

Robert obéit. La barbe haute, il se carra dans son fauteuil. Il aimait tourner l'anecdote, et se plaisait au rôle d'arbitre.

Adrien murmura :

— Je vous en supplie... dites-moi d'un mot ce dont il s'agit...

Ces deux êtres ne se doutaient donc pas qu'ils jouaient avec sa vie ? Il pensa : « C'est vrai, Robert, ignore que nous sommes amants ». Son beau-frère pouvait croire à quelque amourette de jeune homme, à un caprice, qu'on brise impunément.

— Permettez, mon cher, permettez, dit Robert. Je vous l'ai dit : c'est très délicat. Je tiens à vous donner mes preuves, une à une, et à reprendre l'incident à son début. Vous allez voir que le hasard n'y a été pour rien et que tout y est déterminé, — comme vous dites, vous autres scientifiques. Pour une fois, je me rallie à vos doctrines.

— De grâce, dit encore Adrien.

— Voici. J'avais été appelé à Grenoble, en septembre dernier, pour une grosse affaire de succession. Comme je devais me mettre en rapport avec l'enregistrement, je pensais à M. Aubret, qui est du bâtiment. Sa fille avait dû lui parler de nous; en somme, sans la voir aussi assidûment que par le passé, nous étions restés en bons termes avec elle; je ne serais donc pas un inconnu pour lui. J'allai le voir un matin. En effet, il me reçut fort bien. Je lui demandai des nouvelles de sa fille. Il me dit qu'elle était partie la veille, avec des familles amies, toute une bande, pour Uriage, une ville d'eaux voisine. Il s'agissait de faire l'ascension de la Croix de Chamrousse au petit jour et d'en redescendre l'après-midi. Elle devait rentrer à Grenoble le soir même. En quittant M. Aubret, comme j'étais seul et que j'avais du temps libre jusqu'au lendemain, la fantaisie me prit d'aller déjeuner à Uriage. Mon Dieu, tout simplement parce que ce nom m'était resté dans l'oreille, parce que je savais le site proche et charmant; et peut-être aussi avec l'arrière pensée très vague de rencontrer Mlle Hélène qui est toujours agréable à regarder.

Adrien dit précipitamment, soudant les syllabes les unes aux autres :

— Enfin, vous l'avez vue, qu'est-ce qu'elle a fait?

— Attendez, attendez. Je réalisai donc mon projet. Et après déjeuner, je m'engageai tout doucement sur la route qui monte à Chamrousse, pensant, toujours très vaguement, croiser mes ascensionnistes. Je gravis ainsi quelques centaines de mètres. Mais, dame, je ne suis plus guère taillé pour la course en montagne. D'autant que la chaleur était accablante. Le temps était gros d'orage. Littéralement, je fondais. J'avisai donc une petite futaie, qui grimpait à flanc de coteau au bord de la route. Et là, je m'assis, incapable de pousser plus loin. Je crois bien que j'ai fait même un petit somme. Mais j'en fus tiré par des éclats de voix et le bruit des bâtons de montagne sur le caillou du chemin. Deux dames, un jeune homme, descendant vers Uriage, passèrent sans me voir. Car j'étais sous bois, et je dominais la route. Je pensai avoir sous les yeux la tête de la troupe. En effet, dix minutes plus tard, un nouveau groupe

défila. Vous savez ce que sont ces parties de montagne. On grimpe en phalange serrée; mais à la descente, on s'égrène selon son état de fatigue et l'on ne se retrouve qu'à l'hôtel. Enfin, Mlle Hélène parut. Elle avait un compagnon. C'était un homme râblé, pas très grand, l'air sûr de soi, dans les trente ans, costume touriste, bas de grosse laine, la canne ferrée au poing, la barbe presque rousse, la moustache galante, bref élégant, non pas de votre élégance anglaise, stricte et roide, mais d'une élégance plus étoffée, plus libre, plus ample, bien française...

Adrien renonçait à presser son beau-frère. Il étouffait. Il lui semblait qu'une énorme main l'étreignait tout entier, se refermait, le réduisait peu à peu, comme on fait d'un fruit dont on exprime le suc. Sa vie s'écoulait hors de lui. Robert poursuivait :

— Ils marchaient lentement, côte à côte. Je n'entendais pas leurs paroles. Mais tout, dans l'attitude du cavalier, décelait l'empressement, le désir de plaire. Passez-moi le mot : il la serrait de près. Elle écoutait, les regards lointains, sans complaisance mais sans révolte apparente. Je ne bougeais pas, cloué sur place par la surprise et aussi par je ne sais quelle mélancolie de voir cette jeune fille en butte à la recherche évidente d'un galant. Ils disparurent à mes yeux. Alors j'avoue que je péchai par curiosité. Au bout de quelques instants, je quittai le bois et descendis le chemin pour les suivre du regard. Or, jugez de ma stupéfaction : au prochain tournant, la route m'apparut vide! Et pourtant, je dominais un large horizon. Pas d'autre abri en vue, au milieu d'un pré, qu'un de ces chalets déserts où les gens de montagne ont coutume de loger leur fourrage. Une fontaine, dont le jet tombait bruyamment dans une auge de pierre, s'adossait à la maisonnette. Et j'en serais encore à chercher le mot de l'énigme si je n'avais découvert, appuyée à la muraille de bois de la cabane, la canne ferrée du galant compagnon.

Frappé d'un choc brutal qui lui retentit jusqu'aux entrailles, Adrien se représentait avec une netteté aiguë, déchirante, la scène cachée aux yeux de Robert.

Il sentait sur lui le regard de Mariette. L'orgueil triompha de la douleur : il ne cria pas. Il put rassembler les muscles de son visage, qui se décrochaient et dansaient sous la peau. Mais déjà l'espoir, l'espoir qui ne cesse qu'avec la vie, lui soufflait : « Il ne les a pas vus. Rien n'est sûr ! » Il dit, dans un pauvre rictus qui voulait être un sourire :

— Et après?

— Après? Mais je continuai discrètement mon chemin, en songeant aux dangers des ascensions en montagne... Car pour moi, vous savez, il n'y a pas d'erreur.

Inconscient, Adrien articula :

— C'est possible, en effet. Je vous remercie.

Mariette s'approcha de lui. Ses yeux sombres, toute sa face n'exprimaient plus qu'une tendresse apitoyée.

— Mon pauvre Adrien... tu souffres. Il fallait pourtant bien te faire voir que cette femme n'était pas digne de toi. C'est une tâche ingrate. Mais c'était l'opération qui fait mal et qui sauve. Tu ne m'en veux pas?

Il répondit, avec une sécheresse fébrile :

— Non, non. Pas du tout.

Il se dirigea vers la porte. Si pourtant Robert s'était trompé? Hélène pouvait être lasse, soudainement souffrante... Il ne voulait pas avouer son espoir confus, sa hâte de savoir.

Mariette lui dit humblement :

— Tu ne restes pas avec nous ce soir?

— Excuse-moi. Ce long voyage... cette révélation si imprévue, si brutale. J'ai besoin de repos, d'isolement.

Elle insista :

— Quand te reverra-t-on?

Il secoua la tête, las, irrité :

— Je ne sais pas. Je te préviendrai. Laisse-moi.

Il s'échappa. Quand il eut refermé la porte:

— Tout de même, dit Robert, ça a l'air de lui avoir donné un coup.

Elle répliqua, d'une voix où sifflait un reste de rancune contre l'ennemie vaincue :

— Tiens, parbleu... Elle était sa maîtresse depuis trois mois quand il est parti !

Stupéfait, la bouche ouverte dans la barbe effarée, Robert se croisa les bras et plongea du buste :

— Ah ! bien, tu en as de bonnes, toi ! Écoute, ma chère, tu aurais bien pu m'avertir. Moi je croyais qu'Adrien avait un petit faible pour Mlle Aubret au moment de son départ, qu'il songeait toujours vaguement à l'épouser, et qu'à son retour il venait aux nouvelles. Je m'amusais, moi, en racontant l'aventure. Mais j'ai dû être d'une cruauté... Ah ! si j'avais su...

Elle coupa, haussant les épaules :

— Si tu avais su... si tu avais su, tu n'auras pas pu te dérober complètement, puisque j'avais annoncé l'anecdote devant Adrien, qui l'aurait exigée. Seulement, tu l'aurais atténuée. Tu aurais réduit la rencontre des deux galants à une promenade banale, sans parler de la halte dans le chalet. Bref, tu aurais laissé un doute dans l'esprit d'Adrien. Et, comme il est capable de l'aimer encore, comme elle niera certainement, il aurait, malgré tout, fait la boulette. Si bien que, grâce à ta belle discrétion, Adrien Delcambre aurait épousé une fille sans le sou qui se donne au premier venu au bord d'une route ! Ce n'est pas cela que tu lui souhaites, je pense? Voilà pourquoi j'ai bien fait de ne pas t'avertir.

— C'est égal, dit Robert. Il y a la manière. Et ce pauvre Adrien aurait raison de me tenir rigueur. Sans attendre qu'il revienne ici, je m'en expliquerai avec lui.

— A ton aise. Au moins, nous saurons plus vite comment il supporte l'épreuve.

Adrien s'était jeté dans cette tranquille rue Saint-Guillaume qu'il avait lentement parcourue au côté d'Hélène, ce soir où il lui avait demandé d'être sa femme. Il courait presque, dans la nuit déjà close. Il obéissait à une impulsion simple, unie, toute droite : interroger Hélène. Il chassait toutes les autres pensées. Certaines, pourtant, s'acharnaient à lui : « C'était justement en septembre qu'elle avait gardé le silence, plus de huit jours, malgré les télégrammes. Elle prétextait une indisposition. Sans doute elle n'osait plus écrire... Et, depuis cette époque, elle avait cessé de se présenter chez les Roncin.

elle avait raréfié ses visites à Mariette. Peut-être était-elle retenue par une sorte de honte... Et ce matin encore, comme elle s'accrochait désespérément à lui ! Elle semblait avoir peur de ne jamais le revoir. » Mais non. Il y a des choses qui ne sont pas possibles, tant elles seraient cruelles. Elle allait se justifier. Trêve aux soupçons jusque-là.

Hélène lui ouvrit dans l'obscurité. Dès qu'elle parut sur le seuil, dans la lumière indécise de l'escalier, il vit qu'elle était vêtue pour la rue, la voilette tirée, une fourrure roulée autour du cou.

— Il est tard, dit-elle. Je t'attendais. Veux-tu que nous descendions tout de suite ?

— Non. Pas encore. J'ai à te parler.

Il la suivit jusque dans la chambre, où elle ralluma la lampe. Il l'épia, tandis qu'elle réglait la flamme, les yeux éblouis par la clarté crue à travers la voilette. Elle paraissait calme, bien qu'il eût mis dans ses paroles, et malgré lui, un peu de rudesse et de solennité. Un grand espoir l'envahit. Mais quoi ? Comment se fût-elle inquiétée, ne se sachant pas soupçonnée ?

Elle restait debout devant lui, les bras tombants :

— Que me veux-tu ?

Il lui dit, d'une voix oppressée :

— Écoute, Hélène... Robert t'a rencontrée, l'automne dernier, à Uriage, à ta descente de Chamrousse. Tu n'étais pas seule... Il a voulu vous suivre. Et il croit... que vous êtes entrés dans un chalet désert... Il suppose... tu devines quelle chose abominable... Hélène, dis-moi si c'est vrai ?...

Atrocement pâle, elle écarta les bras. Puis, baissant la tête, et d'une voix basse et distincte :

— Eh bien, oui. C'est vrai.

Il poussa un cri d'agonie, creux et sourd. Comment peut-on tant souffrir, d'un coup, sans en mourir ?

Pourtant il eut un sursaut. Il ne voulait pas croire encore. Ce n'était pas possible. Peut-être se sacrifiait-elle à nouveau pour l'éloigner, pour lui rendre sa liberté. Allons donc ! Est-ce qu'on invente une chose pareille ! Et, tout à coup, il se l'avoua : il était sûr, il ne doutait

plus, depuis le moment où Robert avait parlé.

Elle s'était accoudée au marbre de la cheminée, près de la lampe. Elle le regardait avec des yeux agrandis, vides.

Égaré par l'excès de la douleur, il prononça des mots qu'il était surpris d'entendre, qui échappaient au contrôle de sa raison. Son instinct seul criait :

— Alors, tu ne m'aimais plus ? Mais tu ne m'as peut-être jamais aimé. Ah ! ne plus savoir, ne plus croire... Et dans tes lettres, tes lettres où tu me suppliais sans cesse de revenir, tu mentais donc ? Quand as-tu commencé de mentir ?... Et là, cette nuit... tu mentais encore... Oh ! Hélène, souviens-toi, tes caresses, toutes les caresses...

Lui se souvenait de cette ardente nuit du retour. Il imagina Hélène, il la vit se prodiguant ainsi, aux bras d'un autre... Oh ! l'atroce, l'infâme défilé !... Il s'approcha, les dents et les poings serrés, roidi contre la tentation de l'injurier bassement et de la battre. Il n'en fut retenu que par un sens de dignité, enraciné au plus profond de lui, et qui résistait à la débâcle.

Hélène pleurait. Elle dit, la tête rejetée en arrière, et la voix coupée de sanglots :

— Ne cherche pas à comprendre... Tu sais ce que tu voulais savoir... Ah ! cela vaut mieux. Moi, je n'aurais pas pu vivre, près de toi, en me cachant de toi, dans la peur d'être découverte. Depuis que je t'ai revu, je le sens, je n'aurais pas pu. Je ne sais pas mentir. J'étouffais. Oui, c'est mieux...

Il était torturé par un louche besoin d'enquête et de détails. Il interrogea, sourdement :

— Et... comment est-ce arrivé ?... Qui est-ce ?... Tu le revois ?... Il y a longtemps que tu le connais ?...

Elle jeta les mains en avant :

— Ne m'interroge pas, ne m'interroge pas. Nous nous ferions du mal, l'un et l'autre. Et bien inutilement.

Il insista :

— Si, je veux...

Elle s'écroula sur une chaise et, secouant la tête :

— Ce que tu sais suffit à nous séparer à jamais. Alors, à quoi bon?

Oui, elle avait raison. Tout était inutile et tout était fini. A son tour, il se referma, subitement glacé, roidi d'orgueil. Il murmura :

— C'est vrai. Nous n'avons plus rien à nous dire. Adieu.

Une seconde, il attendit sur le seuil, espérant il ne savait quel miracle, quel élan, quel aveu. Mais elle restait anéantie, immobile, comme morte...

Il se retrouva dans la rue sans savoir comment il était sorti. Il prononçait tout haut sans se comprendre : « Il faut réagir. » Il s'étonna de pouvoir marcher, comme les autres passants. Car il était blessé de toutes parts... Un jour, pendant qu'il causait avec un de ses camarades, un interne, dans la salle de garde d'un hôpital, on avait apporté un pauvre diable qui avait voulu se suicider. Pour être plus sûr de mourir, il avait d'abord avalé du laudanum, puis il s'était jeté par la fenêtre, trouant un toit vitré avant d'arriver au sol. Il vivait cependant. Les morceaux de son crâne disloqué battaient à chaque pulsation. Les éclats de verre l'avaient écorché vif et labouré d'entailles profondes. Et le poison secouait cette loque humaine de transes indicibles... Adrien se comparait à cet homme. Lui aussi était partout meurtri, partout déchiré. Pas un endroit où sa sensibilité ne fût à nu. Et une affreuse amertume en même temps l'empoisonnait. Il répéta à mi-voix : « Il faut réagir ». Mais un unique instinct le dominait, le vieil instinct de la bête expirante qui court se terrer. Oh! oui, s'enfuir, cuver son chagrin dans un coin perdu, loin d'elle, loin de ce Paris où elle respirait, loin de tout ce qui la lui rappellerait...

Il rentra place des Vosges. Son domestique, qui ne l'attendait pas si tôt, lui dit :

— Monsieur a dîné?

Il répondit :

— Oui, oui, merci.

Il s'enferma dans sa chambre, sans lumière. Où s'enfuir? Retourner là-bas, en Suède, se blottir près de sa mère? Non, ce serait trop pénible, après lui avoir montré Hélène si par-

faite et si sûre, de lui avouer la chute, la trahison... Valescure? Non plus. Il y avait vécu trop heureux, trop insouciant. Il retrouverait là trop de souvenirs. Tout le passé, en bloc, lui fit horreur. Il lui fallait une solitude où tout lui serait étranger, où rien ne le rappellerait à lui-même. Il voulait couper sa vie en deux, d'une section nette.

Une réminiscence le traversa : la visite de Pierre Roncin à ce laboratoire de Banyuls, au fond d'une petite baie, sur une côte peu fréquentée, dans une paix sauvage. Le professeur, pendant le déjeuner chez Mariette, l'avait même engagé à s'y arrêter à l'occasion. Et, tout en le remerciant du conseil, Adrien avait songé gaiement qu'il n'était pas près de se cloîtrer au fond de la Cerdagne quand le bonheur l'attendait là, tout près. D'un coup brusque, il décida de partir à Banyuls au plus tôt. Ah! pouvoir être repris, insensibilisé par le travail !...

Il lui fallait attendre le lendemain pour agir. Mais d'ici là, il lui faudrait penser. Et penser c'était souffrir. Il appréhenda l'insomnie. Heureusement, si la nature n'a pas permis que les maux de l'esprit fussent mortels, du moins elle leur a imposé des trêves. Elle ne veut pas qu'on meure de chagrin, mais elle veut qu'on dorme malgré lui. Le sommeil, qu'Adrien avait chassé la nuit précédente, dans l'attente, dans la volupté du retour, l'indulgent sommeil revint, et lui versa l'oubli.

Son domestique le réveilla. Il eut une minute horrible : ce moment où l'on reprend conscience, où l'on réapprend toute sa vie. Il n'avait plus Hélène. Elle l'avait trahi. Tout cela était vrai...

— M. Robert est là.

Que lui voulait-il encore, celui-là? N'avait-il pas accompli son œuvre, atteint son but? Adrien s'enveloppa rapidement d'un vêtement de chambre et rejoignit son beau-frère dans le salon.

— Mon cher Adrien, dit le notaire, je vous rends la visite que vous m'avez faite à l'étude, un matin, il y a ma foi juste deux ans. Nous nous étions un peu chamaillés, la veille au soir, et vous êtes gentiment venu chercher avec moi les moyens de ne plus succomber. Soit dit en passant, nous nous étions très bien trouvés l'un et l'autre de votre démarche. Hier, il ne s'agissait plus, il est vrai, de nos petites querelles d'opinion. Mais enfin, j'ai mis tous les torts de mon côté et j'ai voulu m'en expliquer devant vous. Croyez-le, ces torts sont tout à fait involontaires. Disons le mot : j'ai gaffé. J'ignorais absolument votre liaison avec Mlle Aubret. Sans quoi, je ne vous aurais pas tenu sur le gril pour le plaisir facile de faire des effets d'anecdote, et je ne vous aurais pas raconté l'histoire sur le mode léger. Je tenais à vous en exprimer tous mes regrets.

Adrien dit, le geste insouciant :

— Vous êtes tout excusé, Robert. Vous ne pouviez pas être au courant. Je venais moi-même d'apprendre à Mariette ma liaison. Il n'y a pas là de quoi vous frapper...

— Évidemment, insinua Robert, à part la façon dont je vous ai averti, mieux vaut que vous sachiez à qui vous aviez affaire.

Adrien comprit que son beau-frère cherchait à savoir si ses soupçons étaient fondés, si Hélène avait avoué sa faute. Un moment il fut tenté d'inventer une fable, de feindre au moins l'incertitude. Mais à quoi bon ? Il se tut. Le notaire, sa conviction faite, reprit, cherchant ses mots :

— Et vous n'éprouvez pas, de cette déception, trop de... contrariété... trop d'ennui ?

Adrien lui dit amèrement :

— Vous voyez : je vis.

Robert insista, sincère dans sa sollicitude :

— Que comptez-vous faire ?

— Partir. Au plus vite. Tâcher de semer ce mauvais souvenir en route, de le dépayser.

— Où allez-vous ?

— A Banyuls, près de Cerbère, au laboratoire de zoologie dont Roncin parlait hier, chez vous. On dit que le travail est un grand remède. Je vais en essayer.

Robert lui tendit la main.

— Allons, bon courage ! Et revenez-nous bientôt, tout à fait guéri...

Puis, cédant à ce penchant qui nous entraîne à poursuivre, à constater le triomphe de nos idées jusque dans les catastrophes :

— Hélas ! mon pauvre ami, qui aurait dit que vous me donneriez si tôt raison ! Vous le voyez vous-même : les hommes seront toujours les hommes, ils obéiront toujours aux mêmes passions... Et il vient un moment où nul ne peut se consoler, où nul ne peut absoudre d'un : « Ce n'est pas sa faute ! »

Ils se quittèrent.

Saisi, Adrien restait sur le seuil. Oui, Robert avait raison. Cette devise qu'il faisait sienne, qui devait résumer sa morale, lui servir en toutes circonstances de règle et de loi, cette devise qu'il croyait inscrite en lui aussi profondément qu'un instinct, qu'un principe de vie, pas une fois cette devise ne lui était apparue depuis l'aveu d'Hélène !

Blotti au coin du wagon, Adrien s'efforçait de ne pas bouger, comme s'il craignait que le mouvement ne réveillât sa douleur. Ne plus penser, ne presque plus être. Mais, à partir de Cette, le va-et-vient des voyageurs, le parler sonore éclatant sur le quai des gares, l'intense lumière répandue sur la mer, le tirèrent de son engourdissement. Il fallut complètement vivre, et tout revivre. Oh ! cette vision qui s'acharnait, cette étreinte dans la pénombre du chalet clos, parmi l'épais fourrage... Cet homme, avec son costume de touriste, ses bas de grosse laine, ses épaules larges, sa barbe rousse... Son imagination, ramassant les indices épars, avait composé, peint, habillé une sorte de mannequin, et l'agitait sous ses yeux. Et Hélène... Ah ! là, pas besoin d'imagination pour se la représenter, pour la voir, dans l'abandon, la paupière close, les dents découvertes, ternies par le souffle court...

Il se leva, secouant la tête pour chasser l'obsession. Seul dans son compartiment, il l'arpentait d'un bout à l'autre, butait dans les portières, le front à la vitre. La voie courait sur une étroite levée de terre. D'un côté, l'eau plane des étangs, d'un bleu cru, reflétait de petites villes blanches, posées sur les rives comme des tas de chaux. De l'autre, scintillait à l'infini la mer vaporeuse. Le bruit du train dominait celui des vagues. Et l'on eût dit que la houle déferlait en silence sur la grève toute proche.

Puis la vase envahit les marais. Sur l'eau

peu profonde, couleur de plomb, flottaient des îlots rocheux, d'un gris de pierre ponce. De toutes parts émergeait la dentelle noire des filets de pêche, tendue entre des pieux éplorés. Sur la frêle digue qui séparait les étangs du large, le train rasait la mer.

Adrien discernait la tristesse ou la gaieté du rivage. Mais il n'en était pas pénétré. La vitre qui l'isolait du dehors, qui ne lui permettait pas de respirer l'odeur saline, d'entendre le bruit des lames, semblait intercepter en même temps pour lui la joie de la lumière et la mélancolie des lagunes : rien n'entrait en lui, pour le distraire de lui-même. Hélène et l'autre, toujours... Et songer que, les yeux crevés, les yeux arrachés, il retrouverait encore, dans la nuit du cerveau, sur l'écran de la mémoire, l'image détestable entrevue à travers les sous-entendus de Robert !... Ce même Robert qui, le lendemain, et sans malice encore, le remettait face à sa devise : « Ce n'est pas sa faute », sa devise du temps où il ignorait la douleur ! Oui, depuis ce moment-là, une voix la lui soufflait quelquefois à l'oreille. Mais comme il bondissait ! Comme il criait dans le vacarme du train :

— Qu'est-ce que ça peut me faire, à moi, que ce ne soit pas sa faute ! Est-ce que ça l'empêche d'être indigne et d'avoir menti, est-ce que ça l'empêche de m'avoir trahi et de ne plus m'aimer ?... Est-ce que ça m'empêche, moi, de souffrir, et de la voir sans cesse aux bras d'un autre ?

Cependant au delà des plaines grasses et fécondes lentement conquises sur les marais, les contreforts des Pyrénées montaient à l'horizon. Puis la houle énorme des montagnes se rapprocha, s'étendit, déferla jusqu'à la côte. Tantôt contournant, tantôt traversant ces âpres flots de pierre, le train parvint à Banyuls.

De la gare, Adrien se fit conduire tout droit au laboratoire. Recommandé par un télégramme de Roncin et par ses propres travaux, il y fut reçu avec cette timidité cordiale qui donne tant de charme à l'accueil de certains savants. Il voulut demeurer dans Banyuls même, bien que l'établissement, caché au creux d'une baie, en fût assez éloigné. Chez

Mariette, Sylvie lui avait dépeint la petite maison qu'ils avaient habitée, elle et son père, sur la route de mer, juste avant le phare. Il la reconnut. Elle était libre. Il s'y installa sans chercher plus.

Du coup, sa vie fut organisée. Sa propriétaire se chargeait des repas et du ménage. Elle s'appelait Mme Mirta. Elle était veuve d'un gendarme et ses trois fils s'occupaient de contrebande. Haute comme trois pommes, elle semblait faite aussi de trois pommes de grosseur croissante : la tête, la poitrine, le ventre. Son petit œil noir et piquant avivait sa face épaisse. Avec Adrien, elle était attentive et familière. Elle lui mitonnait des plats du pays, avec un soin patient. Lorsqu'elle l'avait servi, dans la chambre qui regardait la mer, elle s'attardait, les mains aux hanches. Elle épiait le visage de son pensionnaire avec la mine humble d'un chien qui espère un os. Elle attendait une louange. Mais il mangeait sans plaisir et sans goût. Elle risquait :

— Monsieur n'aime peut-être pas ça ?

Il répondait, ému et crispé par tant de zèle :

— Mais si, madame Mirta, mais si.

Elle partait, les mains chargées d'assiettes, la poitrine gonflée de soupirs.

Il s'était trompé : l'isolement ne le guérissait pas. En fuyant, il croyait laisser loin derrière lui tout le passé : il l'emportait avec lui. Au contraire, il regrettait parfois de n'être pas resté à Paris, de ne plus pouvoir s'informer, de ne pas connaître l'étendue vraie de son malheur. Il déplorait de n'avoir pas exigé d'Hélène un aveu plus complet. Cette rencontre surprise par Robert, était-ce le début, la fin, le milieu de la trahison ? Était-ce un chapitre du mensonge, ou tout le mensonge ? Ah ! n'avoir aux mains que ce fragment de vérité, aigu et coupant... Il tournait et retournait cet éclat qu'il ne pouvait toucher sans se blesser.

Et, quand il s'était bien fait mal, il était obligé de reconnaître, répétant les paroles mêmes d'Hélène : « A quoi bon chercher ?... puisque cela suffit à nous séparer à jamais. »

Non, la solitude ne lui réussissait pas. Et personne à qui se confier. Au laboratoire, il avait trouvé cependant deux jeunes hommes à peu près de son âge. L'un était attaché à poste fixe à la station. Il s'appelait Roque. Long de jambes, creux du ventre, le dos courbe, les cheveux jaunes et le profil tout en nez, il ressemblait à un grand lévrier. Il partageait son existence entre son microscope et les femmes. On n'en pouvait rien ignorer, dès qu'on le connaissait. Car il se racontait avec ingénuité, complaisance, et jubilation. Rien ne l'intéressait que lui. Tout ce qu'on lui rapportait lui rappelait justement une anecdote personnelle. Il n'écoutait jamais, uniquement préoccupé du moment où il pourrait placer son propre discours. Et cela commençait toujours par : « Ainsi, moi... » ou par : « C'est comme moi... »

Le second s'appelait Panot. C'était un architecte fervent de son art, plein de bagout, d'idées et de fantaisies. Il venait étudier sur place la merveilleuse structure des polypes et des algues : il prétendait s'en inspirer pour renouveler les motifs de décoration et rajeunir les ordres classiques. La face joviale et fine, il était toujours coiffé d'un chapeau haut de forme d'où s'échappaient, aux tempes, deux touffes foisonnantes de cheveux noirs et frisés. Il portait une redingote vaste et lâche, qui flottait dans son sillage. Pour faire valoir quelque délicat bijou de la mer, il avait de petits gestes secs, détachés et minutieux, des gestes d'horloger. Et de grands tours de bras en ailes de moulin pour soutenir les idées générales.

Mais l'un était trop épris de lui-même et l'autre de son art pour apporter à Adrien le réconfort d'une amitié véritable.

Il essayait de s'absorber dans le travail. Suivant sa prédilection, il poursuivait ses recherches sur le système nerveux, sur le mécanisme et la persistance du souvenir. Ah ! ce livre qu'il méditait d'écrire à son retour de Suède, et que lui avait inspiré l'exemple de sa propre constance... Quelle ironie !...

Il s'acharnait, cependant. La faune marine lui offrait des organismes rudimentaires, placés au bas de l'échelle des êtres, près de l'origine, et qui devaient plus aisément lui livrer leur secret. Chez eux encore, la mémoire existait. Elle leur était nécessaire pour remuer, se nourrir, se reproduire, se défendre. Autant d'actes qu'ils devaient se rappeler pour les accomplir. Mais ces plis d'habitude, ces souvenirs, quelle trace laissaient-ils dans le réseau de la substance? Où, comment s'imprimaient-ils, où étaient-ils inscrits?... Il cherchait, penché sur le microscope. Et soudain, dans le champ lumineux de l'appareil, comme à l'oculaire d'un diorama de fête foraine, surgissait la scène horrible, l'odieuse étreinte dans le chalet...

Alors, plutôt que de rester seul, il se réfugiait près de ses deux camarades. Panot s'extasiait devant des algues, sur la délicatesse et le fini de leur structure merveilleuse.

— Bon sang ! Est-ce assez chouette ! Ah ! la mer !... Il n'y a qu'elle au monde. Dame ! puisqu'elle a couvert toute la boule, à un moment, on peut bien dire que tout vient d'elle. C'est notre mer à tous ! Enfin, voyons, vous autres, les savants, est-ce vrai qu'on peut saigner un chien à blanc, mais, là, rubis sur l'ongle, puis lui entuber de l'eau de mer sous la peau, et qu'il se met aussitôt à trotter?... Oui, n'est-ce pas? Eh bien, c'est donc du sang, de la vie, ce sirop-là. Nous en sommes faits, nous en sortons. Et il faudra bien que l'architecture aussi en sorte. Quand on pense que, depuis vingt-cinq siècles, on mange de la feuille d'acanthe ! Pouah ! Au moins, dans des algues, des madrépores, on se reconnaîtra. On sera entre cousins germains, en famille. Tonnerre ! Il faudra bien que j'arrive à bâtir un palais dans ce goût-là. Les coraux bâtissent bien des îles. Je ne suis pas plus bête qu'un polypier !... Oh ! j'en ai déjà pris, des croquetons. J'ai déjà tout l'Océan en portefeuille. Avant d'être ici, j'étais au laboratoire de Roscoff...

— C'est comme moi, coupa Roque. Je viens de Roscoff. J'y ai fait des études très curieuses sur les serpules et les lombrics. Et j'ai connu là une petite sardinière... Je ne lui ai jamais donné un rotin, et pourtant jamais je n'ai vu une petite femme aussi gentille. J'ai filé au bon moment, quand j'ai senti qu'elle allait devenir cramponnante. Moi, avec les femmes, je prends toujours mes petites précautions. Je n'ai jamais dans mes poches que les cartes de mes amis. Ainsi, ni vu ni connu, je t'embrouille. De même, je prends toujours peu d'argent sur moi, et je n'emporte jamais ma montre. Et, quand j'en reçois une chez moi, je ferme toujours la porte à double tour, et je mets la clef sous mon oreiller. De la sorte, avant qu'elle s'en aille, je m'assure toujours qu'il ne me manque rien...

Découragé, Adrien prenait la porte. Restait la promenade. La cadence et la fatigue de la marche apaisaient sa pensée. Il suivait la route qui, à travers les terres, se dirige au plus court vers Port-Vendres. Des vignes, soutenues par des murins de pierres sèches, s'accrochaient aux flancs des collines, dont des tours ruinées jalonnaient les arides sommets. La voie du chemin de fer, toute proche, courait au fond d'une tranchée dont les talus abrupts se hérissaient de cactus aux lances épineuses. Puis elle s'enfonçait dans des tunnels au front noirci comme un portail de four. Partout où le rocher perçait la terre, il se profilait en dents de scie, en éclats aigus de planche cassée. On eût dit un paysage incomplet, écrêté, décóuronné par un arrachement violent.

Par ce site âpre et dur, il promenait sa peine. Elle ne faiblissait pas ; mais, peu à peu, elle devenait moins farouche. Elle s'apprivoisait, se laissait approcher. Et Adrien, retrouvant sa curiosité de soi-même, pouvait l'examiner de près. Pourquoi souffrait-il, où souffrait-il exactement ?

Il avait toujours présente à la mémoire une définition, plutôt une analyse de l'amour, qu'il avait découverte dans Spencer. Cette rigueur, pour ainsi dire anatomique, si heureusement appliquée à l'étude de la passion, était bien faite pour séduire un esprit comme le sien, à la fois nourri de science et pénétré de tendresse. Il restait frappé par l'incomparable justesse du tableau, que le philosophe résumait à peu près en ces termes : « Autour de l'attrait physique qui forme le noyau de tout, sont rassemblés les sentiments produits par la beauté personnelle, puis ceux qui constituent le simple attachement, enfin le respect, l'amour de l'approbation, l'amour-propre, l'amour de la possession, l'amour de la liberté, la sympathie. Tous ces sentiments, excités chacun au plus haut degré, forment l'état

psychique composé que nous appelons amour. Et chacun de ces sentiments étant en lui-même très complexe, nous pouvons dire que cette passion fond en un agrégat immense presque toutes les excitations élémentaires dont nous sommes capables ; et de là résulte son pouvoir irrésistible. »

Adrien essayait d'appliquer à son cas cette méthode précise. Oui, il était blessé dans le respect, dans l'admiration, qui l'agenouillaient aux pieds d'Hélène : car il ne pouvait plus la vénérer. Il était blessé dans cet amour de l'approbation, qui se satisfait lorsqu'on se voit élu par une femme entre tous ; car Hélène lui avait préféré un rival. Il était blessé dans son amour-propre, dans son amour de la possession et de la liberté ; car ce bien dont il était si fier, qu'il possédait seul, dont il jouissait seul et sans limites, ce bien était tombé aux mains d'un autre... Il s'étonna de pouvoir poser le doigt sur ses plaies. Mais comme il en souffrait encore !

La route traversait le vallon de Paulilles, tout occupé par une usine de dynamite. Une vraie cité de la poudre, bornée d'une part au chemin de fer, de l'autre à la mer, et dont d'innombrables écriteaux défendaient l'accès. Sinistres, ces hauts bâtiments adossés à la voie, au pied de grands éboulis de charbon. Un suintement acide ruisselait le long des murailles en coulées noires, se répandaient sur le sol, le dissolvait en boue corrosive. En contraste, des bureaux coquets s'élevaient parmi des pelouses gazonnées. Et partout, jusque sur les rochers de la côte, des cabanes isolées, destinées aux manipulations dangereuses, dispersaient les risques d'explosion.

Parvenu à l'extrémité de cette vallée de mort, il rebroussa chemin. La lumière s'apaisait. Une ombre violette adoucissait le relief rugueux des collines. Des moutons passèrent. La blancheur grise des toisons se confondait avec le sol de la route. Et, dans le grand calme du soir, en entendait le piétinement tumultueux et confus du troupeau.

Adrien rêvait encore à ces sentiments si complexes qui, d'après Spencer, composaient l'amour, à ceux qui restaient froissés et meurtris en lui. Et soudain, il songea : mais les autres, l'attrait de la chair, l'attrait de la beauté, le simple attachement, ceux que la trahison n'avait pas atteints? Ils vivaient donc encore en lui, intacts?... Sa tendresse n'était donc pas morte toute entière? Il accéléra le pas, pour fuir sa pensée...

Quelques jours plus tard, il poussa jusqu'à Port-Vendres, au soir tombant. Il erra sur les quais, parmi les docks. On embarquait des soldats sur un transport. Sous un entrepôt ouvert, mal éclairé d'ampoules électriques au plafond, s'entassaient les sacs et les ballots. Et les hommes galopaient, parmi des jurons, des chants et des appels, sur les planches jetées entre la rive et la haute muraille noire du navire.

Jamais, depuis sa fuite, Adrien ne s'était mêlé au grouillement humain des villes. Et pourtant ce fut là, sur ce quai bordé de débits flamboyants, où le pied heurtait dans la pénombre les chaînes et les cordages, les hommes endormis d'ivresse ou de fatigue, les gamins roulés dans la poussière, ce fut là, dans l'odeur de l'alcool et de la misère, dans les cris grossiers et les refrains obscènes, que pour la première fois, il put s'imposer, sans hurler ni bondir, la règle de sa vie : « Ce n'est pas sa faute ».

Son esprit, troublé dans le premier choc, s'éclaircissait. Le gros de sa fièvre tombé, il reprenait conscience. Ses sentiments rentraient sous le contrôle de la raison. Eh bien, non, ce n'était pas la faute d'Hélène !

Certes, il ne connaissait qu'un point de la vérité. Mais, quelle qu'eût été la conduite de son amie, il était bien forcé de convenir, pour rester fidèle à ses doctrines — et si irritante qu'une telle conception lui parût encore — qu'elle ne pouvait pas agir autrement qu'elle avait agi ! N'avait-il pas toujours affirmé, toujours cru, que toutes nos pensées, toutes nos paroles, tous nos gestes, sont déterminés par des influences qui nous sollicitent, des réactions qui s'éveillent en nous, et dont nous ne sommes pas maîtres, pas plus que nous ne sommes maîtres des autres manifestations de notre vie organique, de notre santé, de nos maux? Tout un débat avait dû se

dérouler en elle; débat qu'elle ne dirigeait pas, mais qu'elle subissait. Au milieu de circonstances qu'il ignorait encore, lui et son rival avaient dû lutter d'influence dans l'esprit d'Hélène. Il n'avait pas été le plus fort. Il avait perdu. Voilà tout. Mais il ne devait pas la haïr, il ne la haïrait pas plus que si elle l'avait blessé d'un geste qu'elle n'eût pas pu retenir.

Il passait devant un square frileux, où se dressait un obélisque à demi ruiné. D'une caserne proche de ce jardin funèbre s'envolaient des sonneries mélancoliques. Il poursuivit sa route vers le phare, au long de la mer. Oui, il avait été vaincu dans cette lutte dont elle n'était que le théâtre. Mais quelles causes avaient préparé sa défaite? Hélène n'était pas esclave de son tempérament. Ardente, elle n'était pourtant pas de celles qui, selon la forte expression du physiologiste, vivent dans leurs sens. Elle n'était pas non plus de ces créatures frivoles, instables, qui obéissent au souffle du caprice. Non, non, s'il avait perdu toute action sur elle, c'est qu'il n'était plus présent en elle comme elle était présente en lui; c'est qu'elle l'avait oublié... Et de nouveau, dans un ressac cruel, il fut inondé d'amertume.

Oublié... Mais quoi? N'admettait-il pas lui-même que certains êtres oublient plus aisément que d'autres; que, chez eux, les souvenirs dépérissent lorsqu'ils ne sont pas directement ravivés? Il l'avait expliqué lui-même à Sylvie Roncin, le jour de son retour. Ne voyait-il pas, dans ce défaut de mémoire affective, une infirmité organique? Et il se demanda s'il ne touchait pas au fond du mystère, si Hélène n'était pas victime de cette facilité d'oubli, si le point d'appui, la force de résistance qui lui avait manqué au moment de la chute n'était pas précisément la vivacité du souvenir. De nouveau, il se gourmanda de n'avoir pas tiré d'elle, dans leur dernier tête-à-tête, l'entière vérité. Il est vrai que, ce jour-là, il croyait que c'en était fini à jamais...

Or, quelques jours après sa promenade à Port-Vendres, il trouva dans son courrier une pleine enveloppe où il reconnut l'écriture précise et penchée de Sylvie Roncin. Une douzaine de pages, sur papier mince et cassant, qu'il parcourut d'abord, puis relut mot à mot :

« Mon cher ami,

« Pensez-vous toujours à votre ouvrage sur le souvenir? Oui, n'est-ce pas? Abandonner une idée en route, cela ne vous ressemblerait guère. Moi, non plus, je ne l'oublie pas. Et je vous envoie, pour votre bouquin, une observation dont vous me serez sûrement reconnaissant. Je sais que vous êtes très friand de ce genre de renseignements. Vous rappelez-vous toutes ces fiches que papa avait réunies à votre intention pour vos *Songes?* Tous ces rêves cocasses racontés par de graves messieurs, qui n'omettaient pas de mentionner sous l'influence de quel régime — ou de quel extra — sous l'empire de quelle préoccupation ils les avaient enfantés?

« Je vais donc vous fournir une observation analogue pour votre prochain livre. Je vous en garantis l'authenticité. J'ai observé le sujet moi-même. Si je n'ai pas pris des notes sous sa dictée, c'est que ledit sujet devait ignorer mon dessein. Mais je les rédigeais aussitôt après nos entretiens. Et vous savez que j'ai une mémoire de phonographe! Si, au reste, j'ai mis parfois du mien, vous saurez bien le reconnaître.

« Il s'agit de cette mémoire des émotions et des sentiments, de cette mémoire du cœur qui, si je vous ai bien compris, vous intéresse spécialement.

« Je commence :

« Il y avait une fois une jeune femme belle, fière et audacieuse. Une Diane chasseresse. Elle aimait un jeune homme. Elle l'aimait tellement que, ne pouvant l'épouser sans encombre, elle préféra se passer du mariage à se passer de lui. Ils vivaient depuis trois mois dans l'union la plus étroite, quand le jeune homme fut appelé à six cents lieues de là. Force majeure. Le chagrin de la jeune femme fut très violent. Elle reprit sa vie laborieuse.

« Comme elle est exquise, elle fut très poursuivie. Car cette histoire se passe en France. Tant qu'elle vécut à Paris, elle re-

poussa sans peine les propositions galantes auxquelles une jolie femme est en butte, paraît-il, aussi bien dans la rue qu'ailleurs. Notez qu'elle espérait, de semaine en semaine, le retour de l'absent; notez qu'elle vivait dans la ville où elle l'avait connu, sous le toit où elle s'était donnée à lui, bref où tout le lui rappelait.

« Un an passa. Vous entendez : un an! Aux vacances elle rejoignit sa famille, en province. Là, elle fut tout de suite exposée à des poursuites plus assidues et plus sérieuses.

« Le soupirant le plus tenace était un ingénieur. Il habitait depuis deux ans la ville. Il avait épousé la fille d'un gros manufacturier, une malheureuse qui, se sachant laide — au fond, une femme n'ignore jamais sa laideur — avait fait cette folie de s'offrir un beau mari. Il était beau, en effet, de cette fade beauté qui semble découpée dans un catalogue de tailleur. Ni bon ni méchant, plus sensuel que sensible, plus langoureux que tendre et, pour le reste, un cerveau de bon élève, qui sait bien son monde et ses leçons. Il trompait sa femme. Il se vengeait du laideron. C'était notoire et c'était reçu. Il avait même la réputation de s'attaquer aux plus jolies personnes de la ville. C'était devenu chez lui comme une seconde profession. Et il réussissait, grâce à une grande confiance en soi, au prestige acquis, et à cette fermeté, ce zèle et cet esprit de suite qu'on met à accomplir sa fonction.

« Il était vaguement en relations avec les parents de la jeune fille. Mais il ne l'avait jamais rencontrée, puisqu'elle n'avait pas séjourné depuis deux ans dans sa famille. Dès qu'il la vit, il la courtisa, naturellement : c'était son rôle pour ainsi dire officiel de s'en prendre aux beautés de l'endroit. Il ne plut ni ne déplut. Il fut accueilli avec indifférence. Mais un tel manquement aux usages — car il était de coutume de se montrer d'abord flattée de sa recherche, de lui céder ensuite — un tel manquement, dis-je, piqua son ardeur. Il s'acharna. Il redoubla d'efforts et l'investit de plus près.

« Et ici nous entrons dans le vif de l'observation.

« J'imagine, et vous en devez tomber d'accord avec moi, que la fidélité a ses raisons : le sens du devoir, le respect de soi, l'amour. Or, quels étaient ses moyens de défense, à elle ? Ce n'était pas le sentiment du devoir : elle n'était pas mariée. Le sens de sa dignité, le respect de soi-même ? Mais il doit y avoir certains moments où l'on n'est plus soi-même. Non, sa vraie, sa seule sauvegarde, c'était son amour pour l'absent. Elle devait lui rester fidèle par amour, uniquement par amour.

« Mais, qu'est-ce donc aimer quelqu'un qui n'est pas là ? C'est penser à lui, c'est se demander à chaque instant : Où est-il ? Que fait-il ? C'est chercher à se le représenter, c'est surtout évoquer tous les moments qu'on a passés près de lui. C'est entendre le son de sa voix à croire qu'il est là, à se retourner en sursautant. C'est revoir les moindres traits de son visage, le pli d'une petite mèche qu'il a sur la tempe ; c'est retrouver jusqu'à ses tics, la façon dont il renfonce sur son nez son lorgnon avec trois doigts. C'est se rappeler tout ce qu'il vous a dit, ce jour-là, à cet endroit, même si la phrase n'était ni bien tendre ni bien aimable. C'est le revoir dans le fauteuil pourtant vide où il s'est assis, au-dessus du livre qu'il a lu, à la fenêtre où il s'est accoudé. C'est, à tous ces souvenirs, s'émouvoir, s'attendrir, comme s'il était vraiment présent. Enfin, c'est demander à tous les objets qu'il a touchés, aux glaces qui ont reflété son image, à l'air qu'il a respiré, c'est leur demander : « Faites-le-moi voir, faites-le-moi voir encore, rendez-le-moi ! » Ou du moins, j'imagine que c'est ainsi qu'on doit aimer de loin.

« Voilà ce qui devrait protéger vraiment la femme éprise, pendant l'absence ; voilà ce qui devrait la rendre forte, imprenable, lui permettre de dire avec sérénité au galant le plus opiniâtre : « Vous voyez bien que je ne m'appartiens pas, que je suis toute à un autre, et que cet autre vit en moi.

« Oui ; mais mon ami, toute cela — et vous me l'avez dit vous-même le jour de votre retour de Suède, chez votre sœur, près du piano — tout cela, c'est se rappeler, c'est avoir de la mémoire, une mémoire particulière, celle qui rend, comme vous disiez encore, la chaleur de la vie à tout ce qu'elle évoque.

« Et, maintenant, songez à la malheureuse qui, seule, en danger, appelle tous ces souvenirs à son secours, qui leur crie : « On m'obsède, on m'assaille, défendez-moi ! » et qui les trouve inertes, endormis, glacés...

« Ce n'est pas qu'elle ait oublié, au sens étroit du mot.

« Elle se rappelle les tendres paroles. Mais elles n'ont plus les nuances ni le ton de la voix. Elles sont unies, mates, comme imprimées sur une page.

« Elle se rappelle le cher visage et les sites aimés. Mais ils n'ont ni le relief, ni la couleur, ni l'animation du réel. Ils sont plats, gris et froids, comme la photographie sous l'émail.

« Enfin, quand elle veut cueillir ses souvenirs par brassées pour se réfugier en eux comme on se cache la figure dans un bouquet, elle n'a plus aux mains qu'une moisson sans éclat ni parfum, que des fleurs d'herbier.

« Toutes ces réminiscences sont précises, mais elles ne la font pas rougir, pâlir, frissonner, pleurer, vivre soudain d'une vie plus rapide et plus intense. Elle a bien la mémoire courante et banale qui exhume le passé. Elle n'a pas celle qui le ressuscite ! Elle n'a pas la mémoire du cœur.

« D'ailleurs, n'est-ce pas un cas que vous prévoyiez vous-même dans le plan de votre prochaine étude ? N'admettiez-vous pas celle ou celui qui n'a pas cette mémoire affective, comme d'autres n'ont pas la mémoire des yeux ?

« Et, d'autre part encore, tout se conjure pour perdre la malheureuse. Elle n'est plus au pays de son amour ; rien ne lui rappelle directement l'absent, ni les rues, ni le logis, ni les sites où ils ont vécu, où ils ont aimé. Rien, en dehors d'elle, ne vient au secours de sa mémoire défaillante. C'est bien en elle, en elle seule, qu'elle doit trouver l'aide.

« Or, je vous l'ai dit, rien en elle ne se lève à son appel. Rien. Des défenseurs endormis, que les cris de sa conscience ne réveillent pas. Rien ne réagit, rien ne repousse les tentatives immédiates et pressantes. Justement, l'attaque se resserre et se précise. Une occasion naît : une partie en montagne, une descente à la débandade, dans la fatigue et la chaleur. La malheureuse, harassée, accepte de se rafraîchir à la fontaine qui coule près d'un châlet. Et quand, dans cette rencontre unique, l'adversaire, sentant ses avantages, livre, presque par surprise, un brutal assaut, elle assiste, impuissante, désarmée, stupide, à sa défaite.

« Après ? Après, c'est le réveil. Cette femme qui vit surtout dans le présent, cette femme troublée surtout par ce qui vient d'être, surtout sensible à l'immédiat, n'a vraiment senti l'horreur de sa faute qu'après l'avoir commise. Ce n'est qu'à ce moment qu'elle en a mesuré toutes les conséquences. Le : « J'ai trahi », qui était tout proche, résonnait bien plus violent en elle que n'avait résonné le lointain : « J'aime ».

« Car elle aimait. Suis-je parvenue à vous faire toucher comment cet amour, tapi dans la torpeur au profond de l'inconscient, avait pu ne se réveiller et ne surgir qu'après la catastrophe ? Mais oui : puisque vous-même m'affirmiez encore que cette mémoire du cœur n'est pas tout l'amour, qu'on peut oublier dans l'absence sans cesser d'aimer dans la présence. Vous n'êtes pas homme à changer de conviction. Et puis, le certain, c'est qu'elle aimait, puisqu'elle aime encore. Il faut en voir les preuves dans ses actes. Il faut les voir dans ce souci de se cloîtrer chez ses parents, au retour de la montagne, de prétexter une maladie, jusqu'au jour où, sans trop éveiller leurs soupçons, elle peut s'enfuir et regagner Paris. Il faut les voir dans cette décision — qui devait tant coûter à sa franchise et à sa fierté — de feindre le calme dans ses lettres à l'absent, pour ne pas l'inquiéter, pour ne pas l'affoler, et avec le secret espoir qu'il ne saurait jamais. Dans ses larmes, surtout, depuis qu'elle a revu celui qu'elle a trahi, depuis qu'elle a compris que sa ruse était vaine et que tout était perdu. Dans sa dignité même, qui lui interdit d'implorer un pardon. Dans tout elle, enfin. Et, si vous ne la croyez pas, croyez-moi : je m'y connais.

« Voilà, mon ami, mon observation. J'espère que vous pourrez l'opposer utilement à celle que vous avez prise sur vous-même et qui fut le point de départ de votre livre. Vous aurez ainsi les deux pôles, l'exemple d'une mémoire forte et celui d'une mémoire défaillante. Ne croyez pas, hélas ! que je me félicite de voir que la vie se charge ainsi de vous documenter. Mais je suis heureuse, pourtant, de sentir qu'ayant envisagé également vous-même ces deux cas extrêmes, vous saurez également les comprendre.

« Sans doute, j'ai dû élaguer. J'ai réduit mon observation à ses lignes principales, je lui ai donné une rigueur simplifiée qui n'est pas dans la réalité, toujours plus touffue et plus complexe. Ainsi, par exemple — et pour reprendre une image qui m'a servi déjà — il est bien certain que, quand une ville est si tôt enlevée, c'est non seulement qu'elle a été mal défendue, mais encore qu'elle a été trahie par quelqu'un des siens. Et ce n'est pas à vous, mon cher Adrien, qui êtes si pénétré des misères de la machine féminine, qui connaissez si bien les sautes d'humeur, les défaillances passagères de la femme, à certains moment esclave de sa nature, ce n'est pas à vous que j'aurai besoin d'indiquer quelles causes secondaires peuvent se conjurer pour la perdre.

« Ajouterai-je encore que, si mon héroïne avait été mariée — et bien que nous ayons, vous et moi, des idées très affranchies sur ce sujet — elle eût peut-être trouvé en elle un point de résistance qui lui a manqué ?

« Enfin, dois-je vous dire comment je l'ai recueillie, mon observation, pour que vous ne soyez pas tenté de la mettre un jour en doute ? Voici. Vous n'aviez pas jugé à propos de venir nous voir avant votre départ pour Banyuls. J'ai appris votre fugue par le petit mot où vous demandiez à mon père de vous recommander d'urgence au directeur du laboratoire. Mais j'ai vite démêlé vos raisons. Grâce à qui ? A votre sœur. Vous savez que je suis devenue sa grande favorite. Pourquoi j'ai accepté de jouer près d'elle ce personnage de dame d'honneur, qui me ressemble si peu, j'espère pouvoir vous le dire bientôt. En tout cas, le bénéfice que j'ai retiré de cette intimité n'est pas précisément celui que j'en attendais. Il n'en est pas moins appréciable :

j'ai recueilli les confidences de votre sœur, incapable de contenir ses inquiétudes à votre sujet. Ce n'est pas qu'elle regrette le coup qu'elle vous a porté. Mais elle déplore qu'il vous ait projeté jusqu'aux frontières d'Espagne. Elle est triste de vous savoir seul et loin. (Elle a dû vous l'écrire.) Elle se demande ce qui va sortir de votre méditation. Elle craint que votre guérison ne soit lente. (Cela, elle a dû moins vous l'écrire.) J'avoue qu'à son point de vue, je l'ai mal servie. Ma foi, j'étais votre amie avant d'être la sienne ! Car, aussitôt renseignée — c'est-à-dire le jour même de votre départ — j'allai voir Mlle Aubret. Comment lui ai-je tiré ses aveux, bribe à bribe, à travers ses larmes, un peu comme on sauve des épaves d'une inondation, cela ne vous intéresserait guère. Entre femmes, on ne s'entend pas du tout ou l'on s'entend tout à fait. Il suffit parfois de se découvrir une sympathie commune pour tomber d'accord. Et j'étais si heureuse de pouvoir vous envoyer des documents puisés aux meilleures sources...

« Méditez-les, mon cher ami. Et, si toute cette paperasse vous semble trop longue à lire, sautez aux dernières lignes, dites-vous que toute mon observation eût pu se ramasser dans le vieux dicton : « Loin des yeux, loin du cœur », dicton qui ne s'applique pourtant ni à vous ni à votre « copain ».

« SYLVIE RONCIN ».

« *P. S.* — En me répondant, ne manquez pas de me donner des nouvelles de la bonne Mme Mirta et rappelez-nous à son souvenir. Vous soigne-t-elle bien, au moins ? La maison vous plaît-elle ? Je suis sûre que vous vivez dans la petite chambre qui regarde le port. Je, vous y vois... »

Adrien se tenait, en effet, pour lire sa lettre debout contre la fenêtre, dans la petite pièce où il prenait ses repas et où il travaillait, face à la mer. Sa lecture achevée, il releva la tête, le regard à la fenêtre ouverte. Tout lui parut nouveau : la courbe heureuse de la baie, le rang de barques catalanes échouées sur le port à la frange du flot, la gaieté des fa-çades blanches sous leurs toits de tuiles plat^s et gaufrés, les platanes au tronc poli allongeant leurs branches nues dans l'air de cristal, la silhouette fine et pure du cap de l'Abeille, qui veillait sur la ville et s'enlevait en pénombre sur le ciel d'un bleu matinal, presque mauve.

Il gardait les minces feuilles à la main. Un fait surgissait, dominait tous les autres : l'aventure brève, la chute unique. Il ne le mettait point en doute. Hélène ne savait pas mentir. Par l'aveu même de sa chute, alors qu'elle pouvait dissimuler encore, elle avait fait devant lui la preuve de sa franchise.

Quant à l'ensemble de ces pages, il en gardait une impression singulière. Il lui semblait qu'il les avait écrites lui-même, qu'il se les était adressées, comme ces gens qui, pour se leurrer ou leurrer les autres, composent et s'envoient les billets d'amour qu'ils voudraient recevoir.

Oui, cette thèse, depuis quelques jours, flottait dans son esprit. N'était-ce pas la théorie de ses maîtres, la sienne, sur la mémoire affective, celle dont il avait étudié sur lui-même, en effet, un cas contraire ? Mais, faute de données complètes et aussi par peur de se tromper, d'obéir inconsciemment à un mobile moins noble, il n'osait pas l'appliquer à Hélène. Il avait fallu qu'une autre lui donnât l'exemple. Maintenant que cette autre entrevoyait la possibilité pour lui de revoir Hélène, il osait l'entrevoir lui-même... Mais si timidement encore.

Alors, il entra dans cette phase de torpeur lasse et vague qui suit les crises aiguës et qui n'est pas sans douceur. Il disait aux pensées précises qui l'assaillaient : « Plus tard, plus tard ».

Assidu au laboratoire, il écoutait sans impatience les exploits ingénus et cyniques de Roque. Avec son flair de lévrier toujours en chasse, l'étudiant levait sans cesse des proies nouvelles. Un jour, c'était une petite femme, employée à Paulilles, à la cartoucherie. Seulement elle avait perdu un morceau de doigt dans une explosion d'amorces. C'était embêtant. Roque n'aimait pas Port-Vendres, envahi de soldats, rivaux dangereux. Mais, à Cerbère, il courtisait la femme d'un douanier. Le mari était toujours absent, dans la montagne. Ça, c'était commode. Adrien souriait. Il pensait simplement : « Comme les êtres sont divers ! Les mentalités diffèrent autant et plus que les visages. Voilà ce garçon qui va de femme en femme, sans tendresse, pour le gros plaisir , tandis qu'un de ses camarades sera l'homme d'un seul amour... Comment peut-on s'arroger le droit de juger les autres d'après soi-même, puisqu'on ne ressemble pas à ces autres ? »

Et il prêtait aussi une oreille plus complaisante aux odes fantaisistes que Panot continuait de clamer à la gloire de l'architecture marine.

Il retrouvait son goût du travail. Dans le champ du microscope, l'affreuse vision n'apparaissait plus qu'à de rares intervalles. Elle avait perdu sa vigueur cruelle. Et, à se pencher ainsi sans révolte sur la substance organique, il prenait le sentiment de pouvoir désormais examiner aussi sur lui et sur autrui les jeux de l'instinct, dans la lucidité, dans la paix.

Puis une lettre arriva de Suède. Sa mère n'avait reçu de lui qu'un mot bref à son retour à Paris. Depuis, plus rien. Qu'était-il devenu pendant ces trois semaines ? Et ce mariage, avançait-il ? Père et elle ne pourraient pas y assister, mais ils comptaient bien qu'il leur amènerait sa femme tout de suite, puisque aucune occupation fixe ne le retenait à Paris. Et elle réclamait tendrement des nouvelles...

Elle le reportait au temps où il lui parlait de ses projets avec certitude, dans la sécurité, où rien ne les entravait. Ah ! tout ce qui s'était passé depuis... Évidemment, s'il absolvait Hélène, c'était le mariage, c'était le voyage là-bas, près de sa mère. Et, au sursaut de révolte impulsive qui le souleva à cette pensée, au coup brutal qui lui heurta la poitrine, il comprit qu'il n'était pas encore apaisé, qu'il n'était encore qu'un foyer de lutte...

Seulement, désormais, il la vit clairement, cette lutte. En lui, deux hommes étaient aux prises. L'un formidable, inculte, plein des rudes instincts du passé. L'autre tout récent,

svelte et précis. Celui-ci, accablé tout d'abord, s'était peu à peu redressé. Et maintenant, ils combattaient debout. Adrien ne pouvait qu'assister au conflit. Et il attendait, dans un grave recueillement, l'issue d'un duel qui ne devait se terminer que par l'écrasement d'un des deux adversaires.

Lutte nouvelle... Ce n'est plus, dans le même être, l'ancien antagonisme du bien et du mal ; c'est celui du passé et du présent. Tous ceux qui ne vivent plus sous le principe d'autorité, tous ceux qui se discutent et qui s'examinent, connaissent ce perpétuel débat entre leur nature primitive et leur nature affinée.

Adrien, qui maintenant accompagnait parfois Panot dans ses promenades au bord de la mer, essayait d'intéresser cet esprit, si vigoureux sous ses paillettes, à ces problèmes dont son souci d'art semblait l'avoir écarté. A sa grande surprise, l'architecte vibrait, rendait à l'appel :

— L'ancêtre et le jeune homme ? Mais je ne connais que ça ! J'ai deux Panot en moi. Et ce qu'ils se chamaillent, non, ce n'est rien que de le dire !

Il s'arrêtait sur la plage, le *tube* en arrière, la tempe fumante, la redingote au vent, la main large étendue contre le gilet :

— Tenez. Je suis pacifiste, moi, tel que vous me voyez. La guerre, ça me dégoûte. Je flaire toujours là-dessous quelque histoire de trône pas solide ou quelque tripotage de gros financiers, et je trouve ignoble de faire tuer des pauvres diables pour des affaires qui ne les regardent pas. Ça c'est le jeune homme. Bon. Un régiment passe... V'lan ! J'y cours. Les cuivres, la grosse caisse, tout ça me résonne jusque dans les tripes. Je m'essuie l'œil. Je m'en gonfle, je m'envole, je deviens grand comme le monde. Ça, c'est l'ancêtre.

« Et ce duel ? Cette façon de venger son honneur en brûlant de la poudre aux moineaux ! Cet offensé qui reçoit trois pouces de fer dans le gras, parce qu'il n'a jamais fait d'armes, tandis que l'offenseur a dix ans de salle ! C'est idiot, n'est-ce pas ? Seulement, avant de sortir, je m'assure toujours que je n'ai pas oublié mes cartes de visite, pour le cas où j'aurais une histoire en route... Ce qu'on est gourde, tout de même, quand on y pense !

« Tenez, encore. Je ne suis pas pour le clinquant, pour le panache, pour les anneaux dans le nez. Tout ça nous vient des sauvages. Je me paye la tête du monsieur qui porte le Nicham, le Poireau ou les Palmes... Et je ne sais pas ce que je ferais pour décrocher le ruban rouge ! »

Adrien reconnaissait, sous ces traits burlesques, les débats qu'il avait si souvent observés en lui-même, ce conflit entre les vieux instincts de force brutale, de haine et de vanité, et les lentes conquêtes de la raison. Qui peut se vanter de mettre toujours d'accord ses actes et ses convictions ? Qui ne s'est jamais surpris en contradiction avec soi-même ? Mais, de ces deux êtres qui luttent en nous, l'un parvient-il, dans les conjonctures graves, à bâillonner l'autre, à faire entendre sa seule voix ? Il dit :

— Eh bien, Panot, puisque ces questions vous intéressent, je vais vous pousser une colle. Vous n'êtes pas sans connaître ces savants qui, à la Sorbonne, au Collège de France ou ailleurs, enseignent des sciences nettement déterministes, nient par conséquent le libre arbitre et sont, naturellement, imbus des doctrines qu'ils professent. Je suppose que l'un d'eux soit trompé par sa femme. Que fera-t-il ?

Panot réfléchit, un doigt entre les sourcils froncés, l'œil profond. Puis il rendit l'oracle :

— Ça dépend des circonstances. Dans le premier moment, c'est toujours l'ancêtre le plus fort. Si rien ne l'en empêche, à ce premier moment-là, il cassera les vitres, ou la figure de la dame, ou celle du damoiseau, bref il fera de l'irréparable. Si, au contraire, il ne peut pas cogner tout de suite, si votre professeur a le temps de se raisonner, comme on dit, le jeune homme usera le vieux, tout s'arrangera. Il y aura non-lieu ou au moins sursis.

« User le vieux ». Adrien y songeait parfois, à la locution pittoresque de Panot. Comme elle était vraie ! Il fallait attendre. La lutte, peu à peu, s'apaisait en lui. L'être récent, né de l'hérédité immédiate, façonné par l'éducation, l'emportait sur son adversaire,

dominait ses sursauts de révolte, étouffait ses cris de violence. Il en était sûr. Mais la victoire devait être complète, absolue, sans retour offensif possible. Et le vainqueur, non seulement devait se sentir à l'abri de toute surprise intérieure, mais encore en état de résister aux assauts qui l'attendaient dans le monde. Les Mariette et les Robert ne les lui ménageraient pas. Adrien, penché sur lui-même, mesurait ses forces et passait ses armes en revue.

Un jour, il gagna la frontière d'Espagne, à Cerbère. Dans ce village, serré entre la montagne et la mer, le lit d'un torrent sert de rue. Les quais tiennent lieu de trottoirs. Les dernières maisons dépassées, au delà d'un poste où bâillent des douaniers, un sentier roide, taillé dans le roc, escalade le cap dont la croupe monstrueuse sépare les deux pays. Bien qu'on ne fût qu'en mars, le soleil chauffait à blanc les pierres du chemin. Adrien montait lentement, sans pensée. Une femme le croisa. Sur sa tête, elle portait en équilibre un panier qui donnait à sa silhouette un galbe fier. Elle le salua dans une langue rauque qu'il ne comprit pas. Il montait toujours, dans l'attente, dans l'espoir. Et soudain, il fut à la crête. L'Espagne ! Jusqu'aux lointains profonds, la côte déroulait, sur le velours bleu de la mer, la dentelle sombre de ses pointes et de ses golfes. Un vent rude rebroussait les herbes odorantes et soulevait en tourbillons la poussière et les parfums. Sur une roche déclive, tout proche, un écusson énorme était sculpté.

Debout dans l'âpre bise, la poitrine élargie, les poings crispés, Adrien fermait à demi les yeux. « Hélène... Hélène ! » Tout en lui la voulait. Rien ne la repoussait plus. Rien ne la condamnait plus. Rien ne se révoltait à l'idée de sa défaillance. Il se sentait plein de force et de certitude. Et, se tournant vers elle, il lui tendit les bras, à travers l'espace.

Le soir même, il partit pour Paris.

Le jour de son arrivée, dans l'après-midi, il sonnait à la porte des Roncin. A eux seuls, il avait annoncé son retour et sa visite. Avant tout, il voulait voir Sylvie. Il avait besoin de se sentir bien d'accord avec elle, de l'entendre confirmer, développer sa lettre, de lui exposer sa propre évolution, son état actuel. Il ne trouva que Pierre Roncin. Liaison, rupture, le professeur ignorait tout. Non pas qu'il fût indifférent ou distrait selon le type classique du savant. Mais sa fille s'en taisait devant lui. Et il n'était tout de même pas assez curieux de la vie d'autrui pour soupçonner, au brusque départ d'Adrien, une cause secrète. Dès les paroles d'accueil :

— Sylvie a dû descendre un moment, dit-il. Elle ne sera pas longtemps absente. Elle m'a recommandé de vous en prévenir.

Adrien dut raconter Banyuls, le laboratoire, la maison Mirta, les environs. Il s'étendit sur ses recherches. Mais le temps ne coulait pas. Rien n'avait d'intérêt. Et tout à coup il songea : « Sylvie va peut-être prendre sur elle de ramener Hélène rue Linné ?... » Il souhaita éperdument que sa crainte fût vaine. Oh ! non. Pas encore. Pas là. Mais quoi ? N'était-il donc pas prêt à la revoir ? S'était-il trompé sur lui-même ? Une révolte se levait donc en lui, rien qu'à la pensée de la rencontre prochaine ? Non. Mais il en voulait choisir l'heure et le lieu, librement... Il fut tenté de fuir.

Le ferraillement de la clef dans la serrure suspendit la vie en lui, une seconde. Il n'entendit pas de voix. Sylvie était seule. Et tandis que sa poitrine se dilatait, dans la détente, il sentit pourtant un élancement de regret. Quelle inconséquence ! On ne se connaît donc jamais ? On ne reste donc jamais égal à soi-même ?

Après qu'elle eut, d'un élan joyeux, serré les mains de son ami, elle dit, se tournant vers son père :

— Papa, j'emporte Adrien. Nous avons à nous raconter des choses très importantes.

Dans le salon, elle s'approcha de lui. Et, avec une expression de tendre gravité, bien rare sur sa face ronde si vite élargie d'un rire :

— Guéri ?

Il répondit fermement :

— Je le crois.

Rassurée, déjà malicieuse :

— Dans quel sens ?

— Dans le bon, dit-il, puisque c'est celui que vous m'indiquiez. Vous avez éclairé bien des points qui restaient encore obscurs pour moi. Et dans votre... observation, dans votre plaidoyer, vous avez dit tout haut, avec précision, ce que je commençais justement à me murmurer.

— Parbleu ! s'écria-t-elle. J'espérais tomber au bon moment.

Il murmura, pénétré :

— Comme vous me connaissez bien !

— Je m'en flatte, assura-t-elle.

Il retardait le moment de parler plus directement d'Hélène, de la rencontre prochaine. Il reprit :

— Et comme on est inconscient, ingrat, égoïste, même quand on se pique de bien s'observer et de n'avoir pas une trop vilaine nature ! Après avoir lu votre lettre, je n'ai même pas eu un élan de reconnaissance vers vous, je m'en accuse. C'est plus tard, bien plus tard...

Elle l'interrompit, rieuse :

— Oui, tout à l'heure, en sonnant...

— Non. Mais pas assez tôt, en tout cas. Sans vous, combien de temps me serais-je encore débattu, torturé, dans le noir, avant de recouvrer le calme, la lucidité ! Vous m'avez aidé à redevenir moi-même.

— C'était si naturel. Je pouvais diminuer votre temps d'épreuve, vous éviter du chagrin. Cela me fait tant de peine, de vous savoir malheureux...

Elle acheva d'une voix si troublée qu'il ne put cacher sa surprise. Il haussa les sourcils, la bouche entr'ouverte, prêt à interroger. Mais elle le prévint :

— Cela vous étonne ? dit-elle. Allons, voyons, vous avez bien senti qu'il y avait toujours eu dans mon amitié pour vous un petit coin tendre... Non ? Ah bien, ma foi, je l'avoue. Une héroïne de roman se tairait peut-être ; mais, moi, je ne suis pas héroïne de roman pour un sou. Et puis, d'ailleurs, je ne vois pas pourquoi j'en ferais mystère. Vous pensez bien qu'avec ma figure de Chinoise manquée je ne me suis jamais fait d'illusion, ni permis de rêve ridicule. Mon titre de copain me suffit parfaitement. Je suis le tendre et bon copain, voilà tout. J'ai du plaisir à vous voir. Pourquoi le cacherais-je? Tenez, je vais être tout à fait franche; c'est même pour vous rencontrer plus souvent que j'ai accepté les avances de votre sœur Mariette. Il est vrai que, jusqu'ici, cela ne m'a guère réussi; je ne vous ai vu qu'une fois chez elle depuis votre retour de Suède! Espérons que j'aurai plus de chance à l'avenir. Mais tout cela est très simple et très naturel. Et, de même que j'ai du chagrin de vous savoir triste, je suis contente de vous voir heureux, fût-ce au bras d'une autre.

Il la regardait profondément, cherchant à lire en elle. Était-elle tout à fait sincère, sans arrière-pensée? N'éprouvait-elle pour lui que de l'amitié? N'avait-elle jamais songé à un mariage entre eux? Il y a quelque chose de si fat pour un homme à s'imaginer qu'il fût secrètement aimé. Après tout, telle qu'il la connaissait, elle était capable d'une affection virile, étrangère à l'amour. Il le souhaita de toute sa force. Car il n'aurait pas voulu la faire inconsciemment souffrir. Il lui dit :

— Vous êtes l'amie la plus rare et la plus parfaite. Et ce que vous avez fait...

Elle l'interrompit :

— Mais je n'aurais pas pu agir autrement ! Quoi ! Vous laisser chacun dans votre coin, elle à Paris, vous à Banyuls, vous laisser vous ronger, vous émietter, vous dissoudre, pour la satisfaction rosse de me dire entre vous deux : « C'est bien fait, ils ne se verront plus ! » Ah ! non, je n'aurais jamais pu.

Puis, le ton changé :

— Mais c'est assez parlé de moi. Parlons de vous.

— De moi? Mais je vous l'ai dit. Je suis guéri. Je suis redevenu ce que j'étais avant le coup qui m'a frappé. Là-bas, dans la retraite, j'ai laissé évoluer la crise comme on traite une blessure. Le temps, les conseils de votre lettre ont été mes seuls remèdes. Je pouvais rester atteint d'un mal chronique, incurable, demeurer empoisonné de jalousie, de haine et d'orgueil ulcéré, ou reprendre mon état normal, retrouver en moi les éléments sains, les principes dont je me suis toujours nourri. Ceux-ci l'ont emporté. Eux seuls me

guident et m'animent, si puissants, qu'ils imposent sans révolte leur loi à mes sentiments mêmes.

Elle l'écoutait, pensive, dans son attitude favorite, le coude au genou, le menton dans la main.

— Oui, dit-elle parodiant un mot célèbre, chez vous le cœur a les mêmes raisons que la raison.

Il confirma :

— C'est très exact. J'ai pu juger Hélène selon mes convictions profondes. J'ai pu m'expliquer, comme on s'explique un accident, le jeu des circonstances qui l'ont conduite à la chute. J'ai pu dire, en toute sérénité : « Ce n'est pas sa faute »...

Sylvie demanda :

— Vous ne l'avez pas encore revue, n'est-ce pas?

Il expliqua :

— Non. D'abord, je voulais passer chez vous auparavant. Et puis, je ne voudrais pas lui demander un rendez-vous qui lui permettrait de réfléchir et — qui sait? — peut-être de se mettre en défense, de me repousser par humilité. D'autre part, il me déplairait de tomber chez elle à l'improviste.

Sylvie dit gaiement :

— Cependant, pour l'épouser, il faudra bien vous résoudre à la revoir !

Elle ajouta, plus grave :

— Car vous l'épousez?...

— Certes. Il y avait, dans votre lettre, une petite phrase à ce sujet, qui ne m'a pas échappé. Là, encore, nous étions d'accord. J'ai senti le tort où je m'étais mis en ajournant ce mariage. J'ai bien compris qu'épouser Hélène, c'est la défendre. Et c'est aussi lui marquer que rien en moi ne la condamne. D'ailleurs, j'ai appris par Mariette pourquoi et comment Hélène m'avait détourné du mariage. Je ne me laisserai pas prendre au piège une seconde fois. C'est décidé. Mais, je vous l'ai dit, je ne voulais pas la voir avant de vous entendre.

— Oui, oui, dit-elle, en le menaçant du doigt, vous avez faim de détails, gourmand. Mais je ne pourrais que vous répéter ce que je vous ai écrit... Que puis-je vous raconter que vous ne sachiez? Hélène ignore votre retour, naturellement. Je vous laisse le soin de le lui annoncer. Elle croit que tout est fini. Elle accepte la rupture comme une catastrophe qu'elle a attirée sur elle; elle l'accepte sans révolte, mais avec une tristesse indicible, comme on accepte la mort. Si vous y tenez, je puis vous encourager encore plus fort que je n'osais le faire dans ma lettre. Car, après tout, je n'étais pas bien sûre de tomber juste avec ma fameuse observation, d'être bien à l'unisson ; et ma fiche pouvait être une fausse note. Mais vous ne paraissez pas avoir grand besoin de cordial. Ah! pourtant, il y a une chose que vous vous êtes déjà dite, mais que vous souhaitez d'entendre redire...

Il s'interrogea, sans comprendre.

— Laquelle, je ne vois pas...

— Moi, je vois! Oh! ça sert à quelque chose d'avoir une figure de garçon : on pense en homme. Je lis en vous mieux que vous-même. Vous êtes sûr de vous. Vous vous sentez, la crise passée, semblable à vous-même. Mais parfois, vous vous demandez encore s'il en est bien ainsi pour elle. Vous êtes plus certain de votre amour pour Hélène que de son amour pour vous. Vous serez convaincu quand vous l'aurez revue. Mais, d'ici là, vous ne seriez pas fâché d'être raffermi. Eh bien, écoutez. Je vais vous parler par image, puisque vous aimez ça. Quand j'étais petite, papa m'apportait des encres sympathiques faites avec des sucs de fleurs. Ça m'amusait énormément. Je m'en servais pour tracer des lignes invisibles et pourtant existantes. Elles apparassaient quand je les approchais d'une flamme, pour disparaître quand je les en éloignais. Mais elles persistaient tant qu'elles étaient au feu. Il doit y avoir des natures qui ressemblent aux encres sympathiques. Pour ces natures-là, le feu, c'est la présence réelle. Et c'est seulement quand on les en prive que leurs souvenirs paraissent s'effacer. Mais ils ne s'effacent pas, ils ne sont qu'invisibles. Ils renaissent et persistent dans la présence, à la chaleur de la flamme. Allez, allez en confiance... Et sans trop tarder. Car vous savez le bonheur

proche, vous. Mais elle le croit perdu à jamais.

Ainsi, elle pensait même à Hélène... Il songea : « Quel être exquis!... » Et tout haut, se raillant :

— Je vous obéirai. Je te tarderai pas. Mais auparavant, il faut encore que je voie Mariette.

Elle s'exclama :

— Votre sœur? En voilà une idée, par exemple! A quoi bon la voir avant? Elle sera tellement furieuse...

Il l'interrompit :

— Voici pourquoi. J'ai l'entention d'aller en Suède. J'ai promis à mes parents. Hélène sera tout de suite transportée dans un milieu nouveau, où l'on ignorera ce qui s'est passé.

Sylvie soupira :

— Vous repartez... Décidément, je n'ai pas de veine !

Il se jugea maladroit et brutal. Il corrigea :

— Oh! pour un temps assez court. Et j'ai peur d'un esclandre de Mariette. Elle est capable, dans sa fureur, d'avertir nos parents de la conduite d'Hélène. Je veux essayer encore une fois de l'attaquer de front, de la maîtriser. Et puis, bien que ce soit fatalement la rupture entre son ménage et le mien, nous sommes appelés à nous retrouver de temps en temps face à face; je ne veux pas, devant eux, avoir eu l'air d'accomplir une chose lâche et louche en me mariant. Je veux qu'ils en soient avertis par moi, qu'ils tiennent mes raisons de moi-même.

Sylvie insinua :

— Il sera temps plus tard.

— Ce n'est pas tout, reprit-il vivement. Je tiens à faire l'épreuve de mes forces. C'est sur eux que je veux essayer les armes que je me suis forgées, dans la solitude, depuis que vous m'avez si généreusement réconforté. Si je résiste à leurs attaques, si j'y suis insensible, c'est vraiment que le vieil homme sera mort...

Elle hocha la tête :

— Mauvais, ça. Méfiez-vous. Votre sœur a une grande influence sur vous. Au fond, vous en avez un peu peur... Voyez-vous qu'elle vous retourne?

— C'est que je me serais trompé sur moi-même. Dans ce cas, je renoncerais à revoir Hélène.

— Alors, tâchez de sortir intact de l'épreuve. Hein, pas de blague?

Il dit :

— Je me sens très sûr. Il y aura vous et Hélène derrière moi...

Elle retrouva son rire :

— C'est égal ! Je voudrais bien être dans un petit coin pour voir leur tête !

En quittant Sylvie Roncin, Adrien se dirigea à pied vers la maison de Mariette. Mais encore loin du but, il songea qu'il se rapprochait en même temps du quartier où habitait Hélène. S'il allait la rencontrer? La crainte et l'espoir se mêlaient en lui. Vingt fois il crut la reconnaître de loin. Et à chacune de ces alertes, un grand coup d'émotion le heurtait aux entrailles...

Chez Mariette, la femme de chambre qui lui ouvrit la porte témoigna elle-même de la surprise :

— Oh ! monsieur Adrien !

Elle ajouta, reprenant les formes et le ton de service :

— Madame est sortie. Mais monsieur est là.

Comme chaque jour à pareille heure, son beau-frère faisait répéter les leçons des enfants. De la galerie, tout en se débarrassant de ses vêtements de rue, Adrien entendait la voix de Robert, qui suivait fidèlement le questionnaire d'histoire : « Que fit-il ensuite? » A l'interrogation succédait un pauvre ronronnement confus, ou le silence. Adrien soupira. Il rêvait, pour les petits, d'une histoire de France qui eût frappé l'imagination et le cœur, une histoire écrite par un conteur de génie qui fût resté exact. Puis il se gourmanda : « Vais-je lui chercher querelle sur son mode d'éducation?... Ce n'est pas le moment. »

Dans la salle de travail, des cris d'étonnement joyeux l'accueillirent. Tandis que les enfants fêtaient leur oncle, Robert lui serrait les mains.

— Ah ! mon cher Adrien ! En voilà une surprise ! Depuis quand êtes-vous rentré? Ah !

bien, par exemple, si je m'attendais... Enfin, je suis diablement content de vous savoir de retour.

Puis, se tournant vers ses élèves :

— Finie pour aujourd'hui, la répétition. Claude, tu ne sais pas tes dates de bataille. Apprends-les avant dîner.

Il entraîna Adrien dans son cabinet, l'assit, d'une pesée amicale aux épaules, dans un fauteuil de cuir. Puis, lui visant la poitrine du bout de l'index :

— Eh bien, et ce cœur, comment va-t-il?

Assez ému, Adrien railla :

— Pas mal, je vous remercie.

— A la bonne heure ! s'écria Robert. Je me disais aussi qu'un garçon sensé comme vous...

Il s'installa devant son bureau, tournant soigneusement la lampe pour n'avoir pas devant les yeux la bulle électrique habillée de soie verte. Il allait poursuivre.

— Excusez-moi, dit Adrien. Mais je crois qu'il vaut mieux éviter un quiproquo un peu ridicule. Mon séjour là-bas m'a été profitable en ce sens qu'il m'a rendu à moi-même... Bref, je rentre décidé à épouser Mlle Aubret.

Du bureau où elles étaient posées, les blanches et grasses mains de Robert s'envolèrent lentement dans la pénombre, puis retombèrent, mortes.

— Non?

Adrien jugea superflu de répondre. Robert se rapprocha et, lui frappant cordialement le genou :

— Voyons, mon ami, je sais bien que nous ne sommes pas du même bateau tous les deux. Mais enfin, il existe certaines règles, certaines... opinions générales, certaines façons de penser, de sentir, sur lesquelles tout le monde doit s'entendre et tomber d'accord. Excusez-moi d'insister. Vous savez que c'est dans votre intérêt, dans l'intention la plus amicale. Voyons. D'abord on n'épouse pas sa maîtresse...

Et, sur un mouvement d'Adrien, il acheva vivement :

— Et, surtout, on n'épouse pas celle du prochain.

Adrien se sentait très lucide et très calme.

Le mot ne le blessa pas. Résolu à convaincre, il commença :

— Voulez-vous que j'essaye de vous expliquer...

Mais Robert agita vivement ses doigts devant sa barbe, comme pour la défendre contre des propos malsains :

— Non, non. Je ne veux pas connaître vos raisons. D'abord, je suis certain que la raison n'a rien à voir avec une décision comme la vôtre. Et puis, nous nous ne comprendrions pas. Nous parlons deux langues différentes. Mais, je vous le répète, au-dessus des doctrines, au-dessus des théories particulières, il existe une sorte de code du bon sens, qui doit être le même pour tous les braves gens. Vous n'avez pas réfléchi. Vous vous feriez un tort énorme. Vous vous fermeriez toutes les portes. Vous seriez exposé à...

Et tout à coup, secouant à la fois la tête, les épaules, les coudes :

— Et puis, non, non, non, je ne sais même pas pourquoi j'essaye de discuter.

Il se calma et, posant de nouveau sa main sur le genou d'Adrien :

— Ah ! vous me diriez : « Mlle Aubret m'a laissé malgré tout un souvenir capiteux ; si elle est un peu légère, cela ne l'empêche pas d'être une très agréable maîtresse et, ma foi, je ne résiste pas à l'envie d'en tâter encore un petit peu... » je vous répondrais : « Très bien, mon ami, parfait, marchez, allez-y, cela ne vous engage à rien. » Mais de là à l'épouser, bigre !

Deux coups de timbre résonnèrent. Le signal de Mariette. Dès qu'elle apprit par la domestique la présence d'Adrien, elle accourut, sans quitter son chapeau. Et l'accablant de caresses :

— Ah ! mon chéri, te voilà ! Et sans prévenir ! Il y a près de quinze jours que tu ne nous as pas écrit. J'étais dans une inquiétude... Figure-toi qu'à un moment j'ai voulu te rejoindre là-bas, voir ce que tu devenais, sans crier gare. C'est Robert qui m'en a détournée. C'est la raison même, cet homme-là. Montre ta figure : tu n'as pas trop mauvaise mine. Tu ne t'es pas trop ennuyé ? Tu n'as pas été trop triste ?... Ouf ! c'est fini, tout ça. J'espère

que tu ne vas plus nous faire une escapade pareille et que tu ne nous quitteras plus ! Quand on pense qu'après dix-huit mois d'absence on t'a revu ici un jour. Un jour !

Il dit, d'une voix un peu troublée :

— Si. Je vais sans doute être obligé de vous quitter de nouveau... Je vais probablement repartir. En Suède. Ce mariage, dont je t'ai parlé ce jour-là... j'y suis décidé.

Elle fut l'angoisse même :

— Tu es fou !

Robert plaça :

— C'est ce que je lui disais.

— Oui, reprit amèrement Adrien, Robert m'a déjà tenu ce langage de la saine raison. Il me conseillait de faire de Mlle Aubret ma maîtresse jusqu'à ce que j'aie épuisé mon caprice pour elle...

Mais Mariette n'écoutait pas. Très pâle, elle s'était laissée choir sur une chaise. Sa voilette, au bout de son bras pendant, balayait le tapis. Une mèche lui tombait sur le front. Elle gémit :

— Toi, Adrien, toi...

Puis, très humble :

— Voyons, j'ai eu tort l'autre fois. Je t'ai dit des choses brutalement. Je t'en ai laissé dire d'une façon un peu perfide par Robert. Oui. Je le reconnais. Et je le regrette. Je t'en demande pardon...

Elle sanglotait presque. Il fut plus ému par le chagrin de sa sœur que par sa colère. Elle continuait :

— Mais enfin, si cruellement que je t'aie dit ces choses, elles étaient vraies. J'admets que tu passes sur la question d'argent. J'admets que tu sacrifies notre affection — car cette femme ne serait pas possible près de nous, près de mes enfants, tu en conviendras toi-même, — j'admets même que tu lui immoles ton avenir. Mais, après ce que Robert t'a dit, après ce qu'il a vu, après ce qu'elle a fait, comment peux-tu consentir à épouser ?... Oh ! oh ! Adrien !

Robert avait une faiblesse. Il aimait à replacer ses mots, surtout quand il se croyait sûr de leur effet et de leur portée.

Il resservit donc :

— Bah ! Il te répondra que ce n'était pas sa faute...

Adrien soupira longuement. De loin, il lui semblait toujours qu'il saurait les convertir, au moins les troubler, les amener à un « peut-être ! » De près, ils lui apparaissaient cuirassés, invulnérables, sans la moindre fissure où glisser l'argument qui pénètre et qui touche. Il frissonna de crainte comme si, désespérer d'eux, c'était un peu douter de lui. Mais non, pourtant. Il se sentait très ferme et très fort. Il parviendrait à les convaincre. Fouetté d'ardeur, il se leva. Et devant Robert :

— Oui, je répondrai : « Ce n'est pas sa faute ! »

Puis s'adressant à Mariette, plus fine et plus compréhensive :

— Écoute bien. Tu as déjà entendu des phrases comme celle-ci : « Moi, je n'ai pas la mémoire des physionomies. J'ai la mémoire des yeux. Je n'ai pas la mémoire des chiffres. »

Elle dit, déconcertée :

— Évidemment.

— Bien. Toi-même, étant seule, n'as-tu jamais rougi en te rappelant une sottise, ou ri en te rappelant une chose gaie, ou pleuré en te rappelant un deuil ?

— Si.

— Alors, reprit-il, tu dois concevoir qu'il existe une mémoire spéciale, différente de celle qui nous permet de réciter une fable ou de défiler de la chronologie, une mémoire qui nous rend, qui nous restitue les émotions mêmes qu'elle évoque.

Elle dit encore :

— Mon Dieu, oui.

— Et tu te rends compte aussi que cette mémoire assure seule de la durée à nos sentiments, puisqu'elle seule les rajeunit sans cesse en nous. Si je reste fidèle au culte d'une morte, c'est parce que je retrouve, chaque fois que j'y pense, le chagrin que j'éprouvais en la perdant. Si ma haine ne désarme pas, c'est que, chaque fois que j'évoque l'objet de cette haine, je la sens se réveiller tout entière. Et ainsi de toutes nos passions. Elles ne vivent que par cette mémoire-là.

Elle ne répondit pas, guettant un piège. Il conclut :

— Eh bien, si tu admets qu'elle existe, cette mémoire spéciale qui réveille nos passions et assure leur durée, si tu admets aussi que toutes les mémoires — celle-là comme les autres — varient avec les êtres, tu es bien forcée d'admettre du même coup que certains peuvent ne pas avoir cette mémoire des émotions, cette mémoire du cœur !

Elle éclata :

— Allons donc ! J'y suis, maintenant. Voilà où tu voulais en venir. Mlle Aubret n'a pas la mémoire du cœur ! C'est un cas d'amnésie... C'est admirable !

Et de la pitié sur la face, dans le geste et la voix :

— Et c'est là-dessus, mon pauvre ami, que tu te fondes pour l'épouser...

— C'est là-dessus que je me fonde pour l'excuser ! Oui, je crois, je sens qu'au moment où elle était poursuivie, pressée, traquée, si ma propre image et toutes les images de notre liaison avaient été en elle pleines d'éclat, de relief et de vie, elles lui auraient donné la force de résister.

Elle répliqua :

— Mais, si je te suivais un instant, ce serait pour en conclure tout simplement que cette femme avait cessé de t'aimer...

— Pourquoi ? Oublier dans l'absence, est-ce nécessairement cesser d'aimer ? Si, n'ayant pas la mémoire des yeux, je ne peux pas évoquer les traits d'un ami lointain, est-ce à dire que son visage ne me soit plus cher ? L'en retrouverais-je avec moins de joie ? Nous reprenons pleinement conscience des souvenirs abolis dès qu'ils se rappellent à nous par un moyen quelconque... On remédie au défaut de mémoire. Et le remède, ici, ce sera ma présence, ma continuelle présence.

Elle dit, en joignant les mains :

— Toi !... C'est un homme intelligent comme toi qui se nourrit de billevesées pareilles ! Dieu ! qu'est-ce que cette femme a pu te mettre dans le sang pour te faire oublier toute délicatesse, toute dignité ? Mais pense donc, malheureux, que malgré toutes tes pauvres raisons de laboratoire, tu n'empêcheras pas que cette femme ait fait d'avance ses preuves d'infidélité. Qui a trahi trahira. Tu n'empêcheras pas qu'elle ait été à un autre.

Elle insista, pensant toucher un point sensible et douloureux :

— Oui, à un autre, un autre homme qui existe encore par le monde. Et tu le sauras, et tu seras exposé à le rencontrer.

Mais non. Il ne souffrait pas. La jalousie était morte en lui, étouffée par le sens neuf de l'irresponsabilité, par cette pitié raisonnée que nous inspirent dès maintenant les défaillances physiques et qu'il étendait aux défaillances morales. Il répondit froidement :

— Quand on épouse une femme divorcée, on s'expose aussi à rencontrer le premier mari. Et pourtant on n'est pas jaloux. Tu vois bien que la jalousie est affaire de convention.

— Pardon, mon cher, répliqua-t-elle. Il ne s'agit pas ici d'un prédécesseur, mais d'un rival...

— Ne voit-on pas des maris pardonner à leur femme ?

Mariette cria :

— Elle n'était pas ta femme !

— Qui donc, dit-il, l'a poussée à n'être que ma maîtresse ?

— En tout cas, je ne l'ai pas poussée à être celle des autres !

Il se contint encore :

— Tout s'enchaîne. Si je l'avais épousée avant mon départ, comme je l'eusse fait sans toi, je l'aurais emmenée. Et rien ne serait arrivé.

Elle répliqua, haussant les épaules :

— Qu'en sais-tu ?

Plein de douloureux reproche, il lui dit :

— Mariette, regarde comme tu deviens injuste... Tu oses insinuer qu'Hélène, à mes côtés, se fût conduite comme elle s'est conduite seule et loin...

Elle répondit, en passant rapidement sa main sur ses yeux :

— Oui, je m'égare. Mais c'est de ta faute aussi : rien qu'à l'idée que tu vas commettre une pareille folie... D'ailleurs, peu importe ce qu'elle aurait fait. Il suffit de ce qu'elle a fait. Songe donc, malheureux, que dans la vie à deux, même entre les êtres les plus unis, il y a des heures de lassitude, de malaise ou de colère où toutes les rancunes, grandes et petites, qu'on amasse au fond de soi, remontent aux lèvres. A ces moments-là, tout haut ou tout bas, tu lui reprocheras sa faute. Et puis, tu ne la lui reprocheras pas qu'à ces heures-là. Car même ses caresses te rappelleront d'autres caresses, qui n'étaient pas pour toi. Tu auras beau faire, tu n'auras jamais à tes côtés qu'un créature souillée, dont tu te méfieras, que tu mépriseras... Tu entends : que tu mépriseras et qui souffrira de ton secret dédain. Et je ne donne pas longtemps pour que ton existence en devienne empoisonnée, impossible...

Adrien s'interrogeait, tout en l'écoutant. Et il s'applaudissait de sentir que rien en lui ne tressaillait profondément sous les coups qu'elle tentait de lui porter.

Il répliqua :

— Tu as ta foi. Pourquoi n'aurais-je pas ma conviction ? Tu admets que ta croyance te guide dans la vie. Pourquoi la mienne ne me guiderait-elle pas ? Comprends-moi donc : elle est si profondément enracinée en moi qu'elle me donnera la force de ne jamais accuser, de ne jamais mépriser Hélène, même aux pires heures, la force de considérer les plus détestables souvenirs de sa défaillance comme ceux d'une crise, d'une maladie. Faisons-nous grief à un malade de ses sanies, de ses haleines, des soins répugnants auxquels il nous oblige ? Eh bien, cette indulgence que vous inspire tout naturellement la misère physique, je l'éprouve, moi, et sans qu'il m'en coûte, pour la misère morale ! Car, leur donnant même origine, je les confonds dans la même pitié !

Et, comme Mariette levait les yeux au plafond, il appuya :

— Mais l'analogie est pourtant étroite entre les maux du corps et ceux de l'esprit. Souvent même leur parenté apparaît aux yeux les plus prévenus. Tiens, toi-même, chez grand'mère Delcambre, à treize ans, quand tu as fait une fièvre typhoïde, quand tu avais ensuite, comme tu disais, des absences, et quand tu t'arrêtais dans une chambre, sans savoir ce que tu y venais chercher, toi, est-ce qu'on t'accusait, est-ce qu'on te punissait d'avoir été malade ?

Elle dit, offensée :

— Ah ! pas de comparaison, n'est-ce pas ?

Il ne l'écoutait plus. Il poursuivit, les poings serrés :

— Oh ! toujours cette barrière ; les maux de la chair, dont on est irresponsable, et les maux de l'âme dont on est responsable. Encore une fois, où finissent les uns, où commencent les autres ? Tu ne sens donc pas que la frontière est factice, inexistante ? Mais, malheureuse, ta pauvre âme, elle est à la merci d'un doigt de champagne, d'une pilule d'opium, d'une bouffée de chloroforme, moins encore, d'un regard de magnétiseur !... Peux-tu retenir tes larmes ou ton fou rire ? Non, n'est-ce pas ? Eh bien, si tu ne peux pas être à ton gré triste ou gaie, pourquoi dépendrait-il plus de toi d'être bonne ou mauvaise, faible ou forte ? On a une belle âme comme on a une belle santé. Mais non. A cela, vous ne réfléchirez jamais. Cela, vous ne l'admettrez jamais. Il vous faut toujours un coupable, il vous faut toujours un châtiment. Un malheur arrive. Vite, vous accourez : « A qui la faute ? » Toujours la main levée, non pour absoudre, mais pour frapper... Vous êtes plus loin de la vérité qu'un petit enfant qui, la sottise faite, s'écrie : « Je ne l'ai pas fait exprès ! » Bien sûr, il a raison. Il ne l'a pas fait exprès ! Personne n'a rien fait exprès !... L'homme se croit libre comme il a cru la terre immobile au centre de l'univers. Autant d'illusions, que le temps dissipe !

Elle dit, la main emportée :

— Eh bien, va, mon ami, va mettre tes principes en action, puisque rien ne peut t'en empêcher. Nous te verrons à l'œuvre. Ah ! ça ne traînera pas. Tu nous reviendras vite. Et je t'attends. La maison te sera ouverte quand tu y rentreras seul.

— Merci bien. Je n'avais pas l'intention de forcer ta porte. Je te l'ai déjà dit : nous partons en Suède.

— Chez nos parents ?

— Chez nos parents.

Elle cria :

— Tu ne feras pas cela ! Tu as donc perdu toute pudeur, pour songer à amener cette femme — que tu devrais ne plus vouloir toucher même du bout du doigt — pour l'amener jusque chez nos parents ?

— Comment donc sauront-ils son passé ?

Elle cria :

— Crois-tu que je le leur laisserai ignorer !

— Je m'y attendais, dit-il. Ah ! je commence à te connaître. Pourtant, j'étais encore assez naïf pour croire que je parviendrais à te toucher... Eh bien, soit. J'accepte le défi. Continue à me prouver ta tendresse féroce. Raconte à nos parents l'histoire à ta façon. Le moment venu, je la leur raconterai à la mienne. Nous verrons bien s'ils ne me comprendront pas. Et l'avenir se chargera de leur montrer qui de nous deux avait raison. Adieu.

Le lendemain, il reçut un *bleu* de Sylvie.

« Mon cher copain,

« Papa a demandé à Mlle Aubret de vouloir bien copier pour lui, cet après-midi même, une fleur qui se trouve actuellement aux serres de la Ville. Elles sont situées au Parc des Princes, à la lisière du Bois, aux portes d'Auteuil. Si vous passiez par là, vous auriez l'occasion de voir notre amie dans un cadre digne d'elle. Allez, et soyez heureux. Votre

« SYLVIE. »

Il eut l'intuition que Sylvie, pour lui ménager une rencontre à son gré et dont la jeune femme ne fût pas avertie, avait aidé au hasard. Peut-être même, par une délicatesse extrême, avait-elle songé à les réunir dans ce Bois où leur amour avait vécu. Cette fois, il eut aussitôt vers elle un élan de gratitude. L'exquise amie ! Pourvu vraiment qu'aucun recoin de sa tendresse ne fût déçu ni blessé... Puis l'idée de revoir Hélène le jour même l'emplit et le bouleversa.

Il ne voulut pas préméditer ses paroles. Chaque fois qu'un plan se dessinait dans son esprit, il l'effaçait, en secouant le front. Mais que les heures furent longues ! Il souhaitait d'abolir le temps qui le séparait de la suprême épreuve. Il attendit chez lui, le regard aux pendules. La grande aiguille, péniblement descendue sur la demie, ne parvenait pas à remonter. Par moment, certain qu'elle s'arrêtait, il prêtait l'oreille. Et, chaque fois qu'il imaginait la rencontre, une onde de sang le parcourait tout entier, comme si Hélène eût été réellement devant lui.

Dans le fiacre qui le conduisit au Parc des Princes, il ferma les yeux, la tête rejetée dans un angle du capiton. Il s'appliquait à tout revivre, depuis cette nuit de février où une autre voiture, à son retour de Suède, l'emportait vers Hélène. Tout, il revit tout, cette aube de tendresse au saut du train, puis la rage de Mariette, l'inconsciente cruauté de Robert, l'aveu d'Hélène... Il repassait par toutes les étapes de son séjour à Banyuls, sa détresse, ses combats, sa lucidité reconquise. Il évoqua le furieux assaut que, la veille encore, lui livrait sa sœur. Mais plus rien en lui ne bondissait de révolte ni de douleur. L'ennemi, le vieil homme, était bien vaincu. C'était le calme, la paix auguste des soirs de bataille. Il ne ressentait que l'impatience de revoir sa compagne...

La voiture s'arrêta devant une grille solennelle. Adrien ignorait ce coin du Bois. Jamais leurs promenades ne les avaient amenés, Hélène et lui, dans ces parages. Entre deux bâtiments qui gardaient l'entrée, une terrasse répandait ses parterres soigneux de tulipes, d'azalées et de rhododendrons. Elle dominait un jardin immense, imprévu.

Au loin, sous le ciel lumineux et voilé, luisaient des châssis de verre qui déferlaient en flots rigides. Et, plus près, une ville de cristal surgissait de somptueux massifs de verdures persistantes : les nefs des serres, les unes modestes, les autres monumentales, toutes vêtues du fin lattis de leurs stores gris. Adrien s'était avancé jusqu'à la balustrade.

Il pensa, attendri au profond de l'être :

— Elle est là.

Un jardinier le renseigna. Il avait vu passer la jeune femme. Il lui indiqua la travée où elle dessinait. Il entra. Et tout de suite, à quinze ans de distance, il retrouvait l'haleine d'étuve, aux senteurs de verdure et de terre, qu'il avait respirée pour la première fois au Jardin des Plantes. Il découvrit Hélène à travers les feuillages. En lui, nul élancement douloureux. Rien que l'émoi de la voir, de la

surprendre, de lui apporter du bonheur. Elle se retourna au bruit de la petite porte vitrée. Elle se dressa, toute blanche :

— Adrien !...

Dans l'étroite allée bordée de fleurs, il courut vers elle et lui tendit les bras. Mais elle restait devant lui, les lèvres sèches et tremblantes, les yeux agrandis de stupeur et de crainte. Il balbutia :

— Hélène... c'est moi... je viens te chercher.

Elle agitait doucement la tête, l'air égaré :

— Ce n'est pas possible...

Il souriait, les mains offertes :

— Mais si, mais si. Viens...

Elle murmura, incrédule encore :

— Oh !... Tu me pardonnes ?

Il l'interrompit vivement :

— Ne dis pas ce mot-là. Reprenons notre vie du jour où j'ai dû partir en Suède. Le reste, il ne faut plus en parler, il ne faut plus y penser, plus jamais.

Elle cria :

— Ah ! que tu es bon !

Et, cette fois, elle se jeta dans ses bras... Puis, blottie, le front à l'épaule de son ami, elle pleura...

La chaleur et le parfum de sa chair pénétraient Adrien. Le pauvre corps secoué par la houle des sanglots lui semblait plus menu, plus fragile que jadis, comme réduit. Il la berçait.

— Ne pleure pas.

Oui, malgré ses allures de Diane, elle n'était qu'un petit être, bien délicat, bien frêle, qu'il faudrait soigner très tendrement. La joie de la sentir tout près de lui, l'orgueil de la protéger et de la défendre, l'emplissaient tout entier. Il caressait légèrement les masses lourdes des beaux cheveux aux coulées claires.

— Ne pleure pas, ne pleure plus.

Le bruit de la porte les désunit. Un homme entrait, deux arrosoirs au bout des bras pendants. Elle s'essuyait les yeux, indifférente aux regards curieux du jardinier. Adrien lui dit :

— Viens. Allons retrouver notre Bois.

Sous le ciel gris et lumineux, couleur de perle, c'était le Bois d'avril, un Bois presque sans feuilles encore, mais où les bourgeons piquaient partout les branches et, de loin, enveloppaient les arbres d'une poussière de verdure.

Hélène et Adrien retrouvaient leurs habitudes anciennes. Sans se concerter, ils évitèrent les tribunes et le champ de courses d'Auteuil, entrevus à travers les taillis dénudés. Ils suivirent, autour des lacs, la contre-allée déserte. Hélène appuya le bras d'Adrien contre elle, timidement. Et, le regard humble :

— Mon pauvre chéri... Comme j'ai dû te faire souffrir... Si tu savais...

Il la gronda avec douceur :

— Je te dis qu'il n'en faut plus parler. C'est défendu. Regarde : le bois de sapins, les canots, le petit kiosque, rien n'a changé. Tiens : nos amis les cygnes nous reconnaissent. Nous sommes où nous étions. Nous sommes ce que nous étions il y a deux ans. Le reste, cela n'existe plus. Ce n'est pas arrivé. C'est un mauvais rêve.

Et vraiment, il le croyait. Ils sortaient tous les deux du délire. Ils relevaient de maladie.

Elle avait pris un petit sentier qui, sous les arbres, longeait un ruisseau. A mesure qu'elle revoyait le Bois, ses souvenirs se réveillaient et la guidaient :

— Si je me rappelle bien, il doit y avoir un banc de pierre au premier tournant, dit-elle.

En effet, ils le découvrirent quelques pas plus loin, en retrait du chemin. Ils s'assirent. Ils étaient seuls. De nouveau, elle se serra contre lui :

— Il me semble que je me réveille, que je revis... Te sentir là, près de moi, ici... Est-ce possible?

Il lui dit gravement :

— Oui. Et, cette fois, c'est bien pour toujours.

Elle s'écarta un peu, l'interrogea du regard, lut en lui, et se dégageant d'un bond qui la mit debout :

— Tu veux?...

Il s'était levé à son tour :

— Je veux que tu sois ma femme.

Elle balbutia, le front bas :

— Oh ! non, non...

Il insista, avec une fermeté tendre :

— Mais si, mais si. Je sais, maintenant, pourquoi nous ne nous sommes pas mariés avant mon départ. Sans Mariette, je t'aurais emmenée là-bas... Cette fois, rien, personne ne m'arrêtera plus.

Elle murmura, dans une sorte d'extase :

— Oh ! c'est trop...

Il souriait. A sa pleine allégresse, s'ajoutait la fierté de trouver en lui le pouvoir d'être bon.

— Tu verras. Laisse-toi aimer. Laisse-toi vivre. Nous allons partir là-bas, en Suède, tous les deux.

Ils reprirent leur promenade. Elle le guidait toujours. Il disait ses projets, le départ en Suède dès le mariage et, là-bas, les usines formidables, ses parents intelligents et bons. Elle écoutait, encore pensive et confuse. Mais une aube brillante se levait sur son visage. Elle ne s'arrêta qu'au Pré-Catelan, devant cette pelouse où il s'était agenouillé devant elle, la veille de son départ, une nuit de lune.

Ce n'était pas le plein épanouissement de l'été, comme ce soir-là. Mais c'en était la promesse enclose dans le printemps. Autour d'eux, en eux, tout allait refleurir et recommencer. Il la tenait contre lui, heureuse par lui. Le reste n'était plus. Et elle, l'enserrant d'une étreinte crispée, défaillante dans l'excès de la ferveur et de la joie :

— Ah ! près de toi... toujours... Je voudrais mourir...

Un mois plus tard comme Robert, au retour de l'étude, pénétrait dans le « vivoir », Mariette, agitant une carte entre ses doigts, lui dit avec un sec dépit :

— C'est fait.

Il s'assit et lut. C'était un mot où Adrien, au moment de prendre le train, annonçait son mariage et son départ. Il dit, en homme accoutumé aux lentes procédures et que les formalités vite remplies surprennent toujours :

— Fichtre ! Ça n'a pas traîné...

— C'est égal, fit Mariette hochant sa petite tête précise. Il a un rude toupet. Mais maman saura...

Et Robert, lui rendant le billet :

— Bah ! Laisse-les donc se débrouiller.

Elle le regarda, indécise. Au fond, pas fâchée, peut-être, de s'entendre détourner d'une vengeance qu'elle sentait mesquine.

Elle eut un soupir strident :

— C'est inouï, tout de même. Enfin, toi, Robert, est-ce que tu crois vraiment qu'Adrien se dirige selon ses idées, qu'il a été amené à commettre cette folie par une conviction raisonnée, celle qu'il a voulu nous expliquer il y a un mois ? Bref, pourquoi a-t-il épousé cette femme ?

Robert se renversa dans son fauteuil. Il regarda le plafond. De la main, il flattait sa barbe. Pour lui, les hommes resteraient toujours les hommes. Leurs instincts ne s'affineraient jamais. Jamais ils n'obéiraient à des mobiles nouveaux. Si Adrien épousait sa maîtresse après la faute, ce n'était pas parce que le sort lui avait forgé une âme différente des âmes passées. Ce n'était pas parce qu'il avait des croyances neuves, qui lui permettaient d'absoudre Hélène, d'étendre aux défaillances morales ce bénéfice d'irresponsabilité que nous réservons aux faiblesses physiques. Non. C'était tout simplement parce qu'il avait gardé, très vifs, le désir et le besoin de cette femme... Et, atténuant chastement sa pensée, il répondit à Mariette avec une sorte d'indulgence rêveuse, où se mêlait peut-être une secrète envie :

— Parce qu'il l'aimait...

FIN

LES MEILLEURS
AUTEURS CLASSIQUES

Français et Étrangers.

Chaque volume, format in-18 jésus.

Prix : broché, **95** cent., relié toile pleine, **1** fr. **75.**

LES MEILLEURS AUTEURS CLASSIQUES

(Suite.)

MALEBRANCHE.	Recherche de la Vérité.	2 vol.
MARIVAUX.	Théâtre choisi.	1 vol.
MOLIÈRE.	Théâtre	4 vol.
MOMMSEN (Th.)	Histoire romaine (traduction de Guerle).	7 vol.
MONTAIGNE	Essais	4 vol.
MONTESQUIEU.	Lettres Persanes.	1 vol.
—	De l'Esprit des Lois.	2 vol.
MUSSET (A. de)	Premières Poésies, 1829-1835.	1 vol.
—	Poésies nouvelles, 1836-1852.	1 vol.
—	Comédies et Proverbes.	2 vol.
—	La Confession d'un Enfant du siècle.	1 vol.
—	Contes.	1 vol.
—	Nouvelles.	1 vol.
—	Mélanges de littérature et de critique.	1 vol.
—	Œuvres Posthumes.	1 vol.
OVIDE	Les Métamorphoses	1 vol.
PASCAL.	Pensées.	1 vol.
—	Les Provinciales.	1 vol.
PELLICO (Silvio).	Mes Prisons	1 vol.
PERRAULT (Ch.) et Mme DAULNOY	Contes.	1 vol.
PLINE LE JEUNE.	Lettres, suivies du Panégyrique de Trajan.	1 vol.
RABELAIS.	Œuvres	2 vol.
RACINE.	Théâtre	2 vol.
RÉGNIER (Mathurin).	Œuvres complètes	1 vol.
ROUSSEAU (J.-J.)	Confessions	2 vol.
—	Julie ou la nouvelle Héloïse.	2 vol.
—	Du Contrat social, Lettre à d'Alembert.	1 vol.
—	Emile, ou de l'Éducation.	2 vol.
SAINT AUGUSTIN	Les Confessions.	1 vol.
SCHILLER.	Les Brigands, Marie Stuart, Guillaume Tell.	1 vol.
SCHOPENHAUER (A.)	Le Fondement de la Morale.	1 vol.
SCOTT (Walter).	Ivanhoe.	2 vol.
—	La Jolie Fille de Perth.	2 vol.
SÉVIGNÉ (Mme de)	Lettres choisies.	1 vol.
SHAKESPEARE (William)	Œuvres dramatiques, traductions de Georges Duval, couronnées par l'Académie Française.	8 vol.
SOPHOCLE	Théâtre.	1 vol.
SPINOZA	Ethique	1 vol.
STAEL (Mme de)	De l'Allemagne.	2 vol.
—	Corinne, ou l'Italie.	2 vol.
STENDHAL	La Chartreuse de Parme.	1 vol.
SUETONE.	Les douze Césars.	1 vol.
THÉROULDE	La Chanson de Roland.	1 vol.
VIGNY (Alfred de)	Poèmes antiques et modernes.	1 vol.
—	Stello.	1 vol.
—	Théâtre.	2 vol.
—	Servitude et grandeur militaires.	1 vol.
—	Cinq-Mars.	2 vol.
VILLON (François)	Œuvres	1 vol.
VIRGILE.	L'Enéide	1 vol.
VOLTAIRE.	Dictionnaire philosophique	1 vol.
—	Histoire de Charles XII.	1 vol.
—	Siècle de Louis XIV.	2 vol.
—	Romans	2 vol.
WISEMAN (C^{al}).	Fabiola	1 vol.

Sceaux. — Imp. Charaire.

SCEAUX. — IMPRIMERIE CHARAIRE.

www.ingramcontent.com/pod-product-compliance
Ingram Content Group UK Ltd.
Pitfield, Milton Keynes, MK11 3LW, UK
UKHW021434090726
13657UKWH00003B/1078